读诗

黑夜颂辞

2016年 第四卷（总第29卷）

主编：潘洗尘

编委：叶永青 宋琳 赵野 树才 莫非 耿占春

桑克 雷平阳 潘洗尘（以姓氏笔画为序）

长江出版传媒

长江文艺出版社

图书在版编目（ＣＩＰ）数据

读诗·黑夜颂辞 / 潘洗尘主编. -- 武汉：长江文
艺出版社，2016.12
ISBN 978-7-5354-9278-4

Ⅰ.①读… Ⅱ.①潘… Ⅲ.①诗集 - 中国 - 当代
Ⅳ.①I227

中国版本图书馆CIP数据核字(2016)第277925号

责任编辑：沉 河　　　　　　责任校对：陈 琪
封面设计：天问文化传播机构　　责任印制：邱 莉　胡丽平

出版：长江出版传媒　长江文艺出版社
地址：武汉市雄楚大街268号　　邮编：430070
发行：长江文艺出版社
电话：027—87679360
http://www.cjlap.com
印刷：哈尔滨经典印业有限公司

开本：720毫米×1020毫米　1/16　印张：15.5
版次：2016年12月第1版　　2016年12月第1次印刷
行数：6780行

定价：39.00元

目录

映像

<

封面诗人　王小妮　朵渔

驻刊艺术家　关晶晶

自媒体时代的诗语碎片

欧阳江河

1

乌有之地涌起一片建设，
直起腰的万有，发现自己一无所有。
生闷气的啤酒肚子，
从日常花销抬起头来，
望着星空发呆。

2

一枚硬币把薛定谔的猫
　　　　　　抛向星空，
落地后，面容已非今生。
而你，非得把这一大片难看的违章建筑，
戳上它二十几个公章后，
盖进黄公望的山水画卷吗？

3

大资本在片片桃花中涌动。
桂花树下，迷魂的香气不可近身，
不可深嗅或久坐。
逆光中的层层香气，
一经触摸，顿成雪意和尘封。

4

有人往晚报嘴里塞了一笔封口费，
以为真理会守口如瓶。
神说：跟我念诵吧。
但一直在说的，
不是眼前这只空瓶子，
也不是济慈所见的希腊古瓮。
佛张开自己的泥巴嘴。

你就横挑鼻子竖挑眼吧，
既然你们当中没人会说爪哇语。

5
一个啤酒商，把多种谷物混在一起，
把广告升到珠峰的高度，
说：请搅动神的骨血。
请狂饮吧，这带血的四顾茫茫。
古人的酒量盛得下四海，
大雅，自杯底溢出。
而他偏是个大俗的醉鬼。

6
面目如云的数字寡头，
手里拿着罐装的、冰镇过的
碳酸民主。涓滴之渴，
汇集成大数据的洪水滔天。
而你，不知能做什么却一直在做，
不如什么也不做。

7
大V开口，小本生意也有头有脸。
这暮色，真是温润如古玉。
心眼打开一看，没一道天的口子。
小胆子，大眼睛，毕竟不是飞人。
圣婴在子宫里，
随意地以父亲形状，
学习母语。

8
没想到仁波切竟如此博施。
税务官：一个形容词。
在一笔梨花的生意经上，
桃花朵朵绽开，磨嘴皮子的事
从一开始就缺钱。
新人旧债，被强扭过头来，

搂着广东话的小蛮腰。
大话，陶醉于二手娱乐。

9
孔庙成了全世界的地方性。
本地小开一脸无辜，比外星客
　　　　　更讲究来头，
说更精致的脏话和下流字眼，
把铅球扔得比乒乓球还轻。
而坐在天空深处的琴童，
以一曲肖邦，
弹得众魂出窍。

10
土豪的任性不逊于端庄：
瞧，乡政府大楼，
是按凡尔赛宫的原样建造的。
乡长遥想路易十四，在当上县长之前，
还有许多历史遗留问题
要解密。秘书一脸无辜，
小便憋了三十年，
尖声叫了起来。

11
啤酒灌醉了烈酒，
偷钱偷走了银行。
肺，打开一看是吸尘器。
一场车祸发生在天空中，
修车，修坏了脑子。
即使是神的电话，
你也别去接听。

12
开车有开出地图的时候。
父亲有比儿子还小的时候。
废话有说出真理的时候。

喜剧有笑坏肚子的时候。

13
你得对实在论巨人和他的影子
说对不起，来不及说也得说。
你得对死者做精神分析。
在电影院，你得为盲人留座，
即使所有人的座位
皆已悬浮腾空。你得为恐惧
预留一刀子戳到底的伦理深度。
因为自由意味着：给专制
留下父亲的位子，却不问母亲是谁。

14
残酷青春，终成柔情蜜意。
地上的天意竟无人捡拾。
雪中挺立的树，
落满麻雀
和省略号。

15
来世，闯入此时此地。
鬼闯入证件：一个假身份，
出生地却是真的。月色层层撩拨
腰部以下的迷离美色，
这隔世一醉的滔天烈酒呵。
以为雾霾所掩的红颜知己，
能够层层揭开一个废官面孔，
是多么侥幸。
有人从公理角度看待私情，
有人将一根阳具
塞到陶瓷手中。

16
一口硅胶英语说给谁听？
午后的忧郁，如找平的水泥地面。

自媒体时代的新经济学，
比凯恩斯更快地过气。
莎翁成了幽灵，还在赚人间钱。
而你，一直在等乡音的电话。

17
电话盲音听见自己是个聋子。
而哑字，听见心碎是一些青花瓷片。
悲剧随一个无脸的喜剧演员，
一不留神，走穿了镜子。
衣裳丢了影子，随掌声片片飞去。
而你，只好将修辞穿在身上，
只好假装是个中间人。

18
你看不见你身上不是你的那人。
两个人的月亮比一个人圆，
两个人的恐惧比一个人大，
两个人的命你就一个人抵吧。
两个死者同时别过脸来。
十分钟前你就该和福柯先生见面，
但一代人从考古学溜了出来，
有的为了逃税，有的为了逃兵役。

19
历史以时尚这枚钉子，将肉身
往生铁的深处和痛处钉。
家具，墙，随手翻过的杂志，
处处是嗡嗡叫的生活
　　　　　　和星星。
蚊子大到能操母鸡。
耳里的星空在咯咯下蛋。

20
适合废话的也适合沉默。
以颂歌、以赞美诗说出的真理，

以胡话和鬼话去说，竟更为崇高。
坏话好听得像两只风铃碰在一起，
其中一只是月亮，它没耳朵，
但听见光在青草里嚼舌。
因为暗喻的影子将存入黄金，
并滋生出人工自然，
向半条命的中产阶级索命。
新闻，拿成千吨废字
出售自己。

21
花儿的养老费存入众筹。
余数不到一，但多于一百。
花心的教授没读过中学，
但直接跳读了博士。
一大群目光清澈的女辩证法，
体检时被扒光了差耻。
迷惑的是，有人以现世材料，
造了一个高科技的来世。
以宇宙之小，能打开想象力吗？

22
青涩成为老年人的风格，
有闲人，近乎无耻地
显摆美的次要。
这一腔热泪你拿它怎么去飞？
这半生浮华，怎么为清贫
抖落萧散的歉意？
媒体内鬼，踩着了一块西瓜皮，
一个趔趄，从天空跌了下来。
以点击率提炼的众罪，
容许铀的大海
升空。

23
无人机发射炸弹时，

神的眼睛不在弹头上。
杀戮令从无花自开的上将，
直接下达到下士的生殖器。
硬的感觉飞了起来，
像是在驾驭烂醉和心软。

24
导弹发射之后变得抽象：因为
只有被导弹击中的地点，并无发射地。
核武库在海底、在观念中隐身，
移动的鼠标如阴郁的鲨鱼群
不为波澜壮阔的海景所动。
你得走到佛眼所见之外，
才能面对末日审判的逼视。
人在人的外面，但神在其内。

25
一个看上去像青蛙的邮差，
将挂失多年的六朝邮件
骑上九重天。他听说两个虫洞之间，
有一条星际之旅的近路。
但半道上，一个心碎的邮包
突然爆炸，漫天星星掉落在草地上，
有的一直在开花，有的抱一不二。

26
城市税款的一半，经三十年投票，
拨给广场中心的一具公共雕塑。
雕塑家本人成了全城逆子，
他把石头弄成水的样子，
弄出些仿古的，浮花吹雪的效果。
但为什么那具雕塑
不是一位美男子？
他可以抽烟，一只接一只抽：
比如猫王，他在布宜诺斯艾利斯，
死了50年还一直抽烟。

27
为了让足球在天空中多飞一秒，
（请不要给它安装暂停键）
有人绕着地球跑了300圈，
从尤利西斯的时间观，
跑进珀涅罗帕手里的线团。
终其一生在海上追蝴蝶的异乡人，
本应是我，你却在这条命里替换出我。

28
微信红包层层破茧，
但飞出的并非蝴蝶。
心理医生对一个老好人说：
合脚的鞋子穿久了，会长进脚里，
像是一出生就穿在脚上。
而你，能为幽灵制作鞋子吗？
它们没有双脚，也得走路。

29
一万年比一昼夜更为急迫，
因为爱恨情仇，
不理会金钱的萧散。百年恩情，
不问今夕何夕，也不问此身何人。
因为天上老人
死盯着身边的睡美人在看，
如同被女人的直觉所洞彻。
而这一切，无足轻重。

30
这多出的一分钟老了，
比失去的青春更多耽误。
这一分钟，敌我错过彼此，
百年离迷，踩着树叶升上星空。
你待在树上久久不下来，
而我，是种树的人。

31
将思想的较劲反拧过来吧。
让是与不是
嘴对嘴，却一言不说。
与其被雅语和美文堵在门外，
不如让开心的骂人话滔滔。
这文绉绉的、毫无用处的真理，
唯一的用处就是让年轻人
拿烂字和脏字放肆地说。
　　　　生气地说。
可以把黑话说得天开日出。
可以拆除这伪善的防火墙。
可以把本我的无名无姓，
一耳光扇在众名流的脸上。
晚安，对末日是免费的。

32
可以把西服穿在唐装上。
可以把爱因斯坦的相对论，
植入上帝的绝对。
可以用网语，一种让你去死的语言，
在死后悠悠活着。
可以让声音坐下，让声音里的哑和聋
　　　　　坐下。
可以给子不语穿上制服：
天地有大美而不语。
小报记者，滔滔不绝。

33
这粒纽扣，扣在中山服上是个知识分子，
往西服上扣，会是外交雇员吗？
布莱希特先生告诫说，
一个什么都想自己干的人，
只能画房子，但盖不了房子。
一个笛卡尔式的消失点：
我思，但我不在了。

34
那些减肥减掉的东西
在欧洲人身上是贼，在朝鲜人身上
是敌意，好像敌人没胖过似的。
瘦的伦理学如一道政治减法，
甜，热，简洁之美，全都交织在一起。
这卷轴般的太空啊，
站在神界边缘，景色已被卷起。
但轻的奥义，不在乎骨感之美。
美，对美国总统的忠告，
是十公斤四川辣椒。

35
黑客贴着众花的耳朵一听：
通灵的神经，
尽是些硅片和电线。
旅行箱里的虚无越来越沉重。
衣服买一件扔一件，越扔越多。
最后一件风衣是外星人的，
而云深处的恐怖分子取下头套，
所到之处，不带任何行李，
只留下一只闹钟和庄子的蝴蝶。
他给炸弹也穿上跑鞋，
并砍下双腿交给死人去奔跑，
自己却安装了假肢，
不是用来逃生，而是在花园里
优雅地，和李尔王一起散步。

36
回答，因羞涩忍住了发问。
一双看上去像是芭蕾的鹳腿，
踩着薄冰之上的阳光，
在齐眉之处，一脚踩空。
士兵的注目礼波浪般横扫过来，
铁的正直弯曲下来。
大是非，

可以跪地，也可以坐下。

37
墙上那片水渍提醒我们，
所有金钱能看见的东西，
都是纸糊的。
中产阶级的瓶装生活，
摇了摇手机，扭了扭小别扭，
又拿抽心的海浪和保湿水
朝脸上一喷。脸，只剩下肚子。
脸除了肚子没什么可丢的。
新一代风投家掏出几枚分币，
对穷人说：请在我脏的时候爱我。

38
哦，内听之耳的蚀骨和羞愧。
这片风语马语的耳中天呵，
这一叹三叠的夜色酒色，
这多出一口的花酒老酒，
谁喝花体酒，谁就是被花儿开败
　　　　　　　的那厮。
满树苹果，一半被鸟儿啄破了。

39
博士头衔，能颁给天人革命吗？
六经在手，不可跳读，
但夜读也是白读，
全部读完不如只读一半。
删节本的《金瓶梅》，
半副老花镜，读它不如写它。

40
一个清洁女工从李瓶儿脸上，
揭下双面女知识分子的纸脸。
但是，仅凭花儿与核弹的云泥之别，
就想在泥人身上捏造出一个玉人儿，

恐怕西门大官人，
还得在三里屯一带多走动。

41

男人以为自己是西门庆，
但又有几个女人是潘金莲？
索性给极品女人的妖气
添点土气，给物哀添点精神。
英雄气短，内心芥蒂一碰，
小脾气顿时肿了左脸。
现实是无边的，但女人这门学问
能为无量界
注册一个有限公司。

42

有人走进桃花劫，惹得一身梨花。
小三反水，原配也欠身退让。
在抠门男人身上叩门，
不如推窗而入。千万别虚掩内心。
几个招式就能拆开锁芯，
深穴还没点呢，吹灰之力已移山。
谁都不能从生活全身而退。
爱，不是有梯子就能爬到高处。

43

要想在新闻里嗅到人味，
你得有一对狗鼻子。
轻词动翼，像灰尘，飞了起来。
第一人称想要表达父权，
而无人称是个女人，
她留下表达，但扔掉表达的物象。
你就放不知所云一马，
因为云的内核是个鸟肺，
它举起鞭子却并不抽打。
借表达的沉迷去穿越吧西夏人突厥人。

44

同一个儿子身上丢了两个父亲。
罪犯出生时，女检察官的肚子
　　　　还不是女人。
世界也从来没有子宫。
如果生下的儿子是个王子，
就雇一个镜中人去偷生。
如果生下的是民选议员，
就让敌人多生一个。
没有哪个肚子能生下整个议会。

45

百年肚子一天也没大过，
阿伽门农，怀不上也得生下来。
但是，为天鹅的肚子惊动上帝，
不如将天文数字的善款，
看作袋鼠一跃，抖落海伦身上的
　　　　金枝玉叶。
喻体，终得以玉体横陈。

46

疑问句：墙上一只水墨蜥蜴，
在大太阳底下趴着，一动不动。
仅两三个动词就足以勾勒出
蜥蜴尾巴的意识弧度。

47

夏日的蝉，它翼后的空腔里，
带有一种像钹一样的乐器，
和一千只火焰的喇叭。
生命太小，别的器官无处安置，
只得与看不见的月食，彗星的坠落，
　　　　堆积在暗处。
斑鸠和凤凰经由火合一。
无意中听到的：你以为是你自己，
实际上是莎翁的声音。

48

诗语，不过是写坏了的新闻。
能把坏人长得如此好看，
能让坏事也掏心掏肺，
这，也算一种本事。
好孩子呵，学坏才成长得更快。
而一个船长怕女儿迷上海盗，
连大海也一眼不瞧。

49

小资女人，闪晃着布的手感，
却对纺织和磨损浑然不觉。
秋风裙裾，一身褶皱，
坐在光的星期五，
遥想大乔小乔的束腰之美。
妙处没了，但讲究还在。

50

每天，身体坐直了两分钟，
什么也不想，什么也不做。
一千年后你会发现佛就坐在对面，
看着这世界，然后忽视它。
凡人所见，目光无法持久，
神的面容变了，衣服洁白放光。
在光芒中人脸渐渐淡去，
只剩下水面的波光粼粼。

51

马桶一点不脏，你只管天天清洗，
只管把马桶坐到天上去。
菩提心，坐在空的掌心里，
慢慢开花，也就慢慢没了自身。

52

初心如巨人手中的一个球体，
用力掷向天边外，

从牛顿摆掷出了傅科摆。
雨过处，留有一道彩虹，
飞升的万物皆被吸入子宫。
蝴蝶自己飞出了自己，
飞出了尘土和轻逸，
飞得好远，好远，又被吸了回来。

53

骑鹤人丢了迷魂。
老子，这个81岁的鹤寿婴儿，
倒骑青牛而来，将铜牛骑入泥牛，
又将天上的彗星骑入海底。
光的签名，在水上留有一行脚注。

54

学会柔软地对待
这往后硬不起来的生活。
学会不再见面的相见欢。
凡能说的，不说也罢。
凡能忍的，忍不住也得强忍。
心象，如水洗一样空名。
豹，轻盈一跃：桃花和梨花，
　　　　　　顿时分身。
今生一梦，两生开花。

55

眼看他起朱楼，
眼看他宴宾客，
眼看他楼塌了。
这些浮言空语的事不起波澜。
这些自发的孤单，匆匆的朝代更迭，
男儿落泪，经不起收拾
　　　　　　和怜惜。

56

一个面孔如铁板烧的乡下人，

给暗恋多年的盲女子，
买了一副隐形眼镜，对她说：
戴上它你依然看不见我，但能
更清晰地看见你的婴儿
和你自己。

2016.1.29

序曲重奏

陈东东

一天破成了小小的碎片
成了我们所说的语言
　　——奥克塔维奥·帕斯《寓言》

可怜的时间，可怜的诗人
困在了同样的僵局里
　　——卡洛斯·德鲁蒙德《花与恶心》

唯有开幕式足以翻新八月的检阅
他异于原先的排练套路，没摊开总谱
也没穿制服，也没戴臂章
他当然不能被想象成头顶的确良单帽的模样
叼着烟卷的嘴唇绕以上缘弧度修成半月的
D大调灰髭，似乎在咕哝：眼力和表现力都不是问题
他厌倦了早年的某种音势，譬如

压在一个人心头的云阵
也压在每个人心上
半圆丘上的日出景象
也是他梦见的景象

他也看见过黯哑的树林
听到过风声
让身形有如晴天的歌手
在积满落叶的空地大踏步

他的歌唱家正奋力穿过即将迁址的古玩市场
更早的时候，那儿叫鬼街，还要早，是坟地
从人们的喧嚷，辨音者能找出来自好几个世界的嗓子
不同的声腔有不同的神灵，接受不同的观念香火
而一场雨，很可能全都将它们浇灭。嘈杂
不影响回荡胸臆间烂熟的滥调。那么

是谁被允许说出幸福
在工业腐蚀河流的桥上，是谁
被允许梦见最初的星
大地内部青春的钻石

……那永恒的女性
指导和引领，胸中蕴含
诗篇的火焰

不难想象，神迹剧也可以有庸俗的开幕式
从九条环线的几乎每一层，各路角色涌现
齐聚绝对的中心。一方矩形的花岗岩广场
曾遭反复血洗，微凹仿如古砚，迫使智囊团
提议：真要书写历史，那就该在此饱蘸
舔笔，哪怕只是到每一处旧地画圈圈
在圈里写上严正的"拆"字。方士们却往往
运用拆字法，以至倡导了反手掌掴的批评方式
尤其自我批评的方式……正式吹奏前，夸张的铜管

草率地反射云缝间泻出的夕阳赋格，直到暮色
闭合，荧光指挥棒，朝虚空连续划出无穷大

　　……黑暗如此亮丽，遮覆了纪律
　　荒废的边缘。谁把意志比喻为
　　大鹰？谁在此夜又描绘这下降
　　这栖聚，这合围，这突然的进入
　　反复的摧毁？看一轮温柔的新月已
　　高悬

　　　　看月下的火车锈成了红色
　　构筑剧情必要的背景。禁闭的大都以外
　　浪费的钢铁滩头，谁梦见女主角
　　自上而下？完美的裙幅，提引
　　黎明的水波和海景，完美的腿
　　暗示紧密团结的核心

　　　　　　　　玫瑰！哦器官！良夜
　　已经

　　　　……此时，应该高八度。此处应该有掌声
但他还想要一记定音鼓，尽管他烦躁，不让
低智能冒充天才……而他的歌唱家仍在途中
跟传达御旨的属臣反向，一会儿左手推开，一会儿
右手推开，企图从全城拥堵里辟出新路，赶紧突入
中心演练场——嗓音强有力清澈的人，遇到阻拦
就指一指胸前闪闪发亮的特别通行证
就畅行无阻，就一直前往。没有人能够这么顺当
但需要扒拉的人群是那么多……一道只准口传的指令
在交通管制时段，靠与之相对的属臣的挺进
也难以抵达

　　　　良夜却已经落满了矿井
　　一样的华光在谁的上空？苦难期待着
　　闪电——谁在流亡中获得启示？谁在星下
　　吟诵第一歌？当唯一的激情

从桥上下来，就像西风

要收割季节——是怎样的一次祝愿
在被迫的放逐里？是怎样的一次刺痛
在晕眩的最深处？谁预见一生又盛赞新人
凭借一个词超凡入圣，变成了领受和
上升的英雄

来不及反转，那就反讽。他甚至不屑这曾经的戏仿
为什么不能从二流样板飞流直下呢？为什么不能
再糟糕一些？悦耳这种好的故事谁没有听腻味
谁就不会被认为是最优品尝家……之一
塔吊拎他的指挥台上天，忽悠在五彩云端以外
视野一下子全方位醒豁，全方位寒冷，呕吐于
恐高，时而被遮蔽。他早年的面具得以分发
交给了每一个作为观众的临时演员
穿着纸尿裤，对每一餐盒饭荣耀地挑剔
为了翻动——在另一个和弦里又再
翻动——组合编织罗列连缀整齐划一的
缤纷几何形，服务于大国奏鸣的仪式
呈现又一幅炫目的拼贴图景

蓝色河岸是一个梦，上面奔走着
夸父和刑天。红鹤与黑鹤突然飞临
像一场雪，玻璃步态是清晨的露水

天上的神灵泪流满面，歌手思念
清凉的林带，岩石之手敲响疏钟
震荡惊奇，面对生命的蓝色河岸

河边的卵石是歌手的卵石，上面凝结
天庭的悲哀，鱼鹰和日出同时飞临
像一支歌，他的目光是清晨的露水

蜂群开始飞舞，阳光和歌声有如花朵
只有清晨，他才呼吸，他才坐在

蓝色河岸，感受天上的神灵之雨

配之以缶，配之以绝不让电视台转播失败的灯光效果
一幅长卷也将展开，那就跳进去看个小电影
在镜头的推移、转换间俯仰，或凌空立定
不让自己从可以摘星辰的指挥台坠落
他不会去演义图穷匕首见，锋利地捅、刺
割谁一刀，这气概和必要性
让给了寻获与之般配的灵魂的渴意
——以狂飚节奏演进的中途却绝不让喝水
而中途醒来的人生，要以宣言有意去演砸
从演砸里挽回演砸的大戏

仙女们

绿发和白银的眼睑，乳房
腰，以及尖叫，穿行在
月下弃置的车厢。她们
受了伤害的鸟群，围绕着
聒噪，拍打又盘旋

她们夜半的盛大宴席
还没有结束，还没有
结束——当有人滞留在
火车集散地迷失又醒悟
当工人口含警笛，到机器
废墟，交换低于语言的

口令：物质之光、丝绸
铜矿石……仙女们继续
她们的夜晚，色情和葡萄酒
侵入了细瘦街巷的杜鹃
肉体交换灵魂的大火
石榴和石榴绽开了珍珠

然后轮到了敲打和扭摆，为此还招聘了
好几个马戏团，功勋杂技艺术家登台，贡献筋斗云

驯兽师用翅膀拨弄竖琴健硕的弦，听上去就像
高唱着铁栅，铁栅和铁栅，割裂又隔开

　　哦铁栅，铁栅，哦铁栅和围栏
　　是谁徘徊在它们面前？看见仙女们
　　到旧铁路纵横的花园里裸饮
　　沉醉于仙女们呼唤春之蛤蟆的音乐
　　一只鲜红的天鹅降临，加入禽兽的
　　晚会，复杂的工业里丰收的场景

　　肉桂怒放欲滴，谁有幸获得
　　星辰的一击？谁得以跨越
　　从一重梦境进入另一重
　　相反的梦境。夜莺，青鱼，豹
　　它们隐晦的身体寓意在仙女瀑布下
　　在歌唱的新月纤弱的光中

追光将追打到旧商业区，到那里期待他的歌唱家
而且剧情已经到点，是时候了，时间到了
是石头决定开花的时候了，时间到了，请快些
是心脏躁动不安的时候了，时间到了，请快些
是全城宵禁唯有反恐坦克轰鸣的时候了，时间到了
请快。流浪汉甲和流浪汉乙，却还要慢吞吞
等在乡间一条路边守着一棵树
无聊就用二人传扯淡。现在已经迟到了很久
是时候了，时间过了，他的歌唱家今晚不来了
而那个属臣，被深陷在喜迎和欢腾的群众泥淖里
仍在拨拉，仍不能抵达，不知道御旨早已经废弃
他上缘弧度修成半月的D大调灰髭越来越走形
就像气候，越来越融化掉自带乐团的云的仪仗旅
要是暴雨将淹没大都，那就来它个橙色预警
要是因雾霾摄像师转播得一塌糊涂，那就来它个红色预警
要是智囊团甲和智囊团乙也接到通知说今晚
不来了，那就来它个蓝色预案
让一只小兔一个小姑娘假唱着吊威亚慢动作飞天
用一个事先合成的视频，朝冒充的未来假装着张望

又再一次张望——投射到人之汪洋掀起的波澜大屏幕

巨型剪影，以两块燧石，打着了凭空悬浮于夜半的圣火

（2016）

在重庆醉酒二首

王小妮

太阳真好

1

太阳出来让人暖和
太阳出来，它让我的眼睛升起
从近看到了远。

一直一直我都没发现我的明亮
一直一直我都比石料们贫寒的背面还要愚钝。
匀称又有着恩德的这个冬天
我总是忍不住说太阳好。
好像过去它不是这样
好像在今天以前所有的天空都是空的。

杨桃和木瓜
悬在植物尽头那些黄了的果实们
木薯和土豆
稳稳地睡在泥土表层。
马粪和灰烬都笑了，气息一缕一缕
贫苦的人也得到了柔软如皮肤的金衣裳。
还有哭着的，光芒正去掩住伤心的窟窿。

太阳真好啊。
金属流出滴滴响声。
这世界晾晒出一条多皱的巨毡
我们全是它身上越来越热的绒毛。
六根羽翅来到鸟的背上，它学会了飞翔。
红色来到绿色上，树想到结种子。
疲倦的人都被平放在木床。
我全都看见了。

原来做什么都是多余的。
我要把这最大的秘密
透露给母亲和儿子
可是，他们远在北方。
不知道那儿的太阳是不是我说的这一个。

2

早晨，有人走出地铁站，有人升上矿井。
这些忽然亮起来的人
在太阳的光明里一点感觉都没有
照耀是母亲式的
永远地不声张。

从里到外，全是金的
但是，没有人敢挪动它，没人敢独占它
贪婪的门儿都没有。

下午，它站在冬天的街口颁发金像奖。

每一个出门的人都得到了
每一个都不觉得这是奖励。
满世界走动着小金人
满街排开了金店。
没钱的人就是有钱的人。

水是水晶，水晶是眼睛
眼睛是果冻，果冻是玛瑙
玛瑙是玻璃，玻璃是冰。
太阳把它们一件一件摆放得很稳妥
没有什么浮起来
没有谁落不下脚。

所以，才有这么亮，这么满，这么真实。
剪羊毛的人驮了一百件白毛衣
来到叶子落尽的橡树下。
全是我们应当得到的。

3

盲人用脏了的双手抚摸空气
他的手越摸越干净。
黄藤的椅子因为温暖而改变颜色。
扶正了太阳给我们的护心镜
我停在晃眼的时间庭院中心。

很久很久，只剩下太阳
只有它独自一人还对我们好。
一直不放弃
一直像峭壁抓紧了一根荆棘草。

享受这么好的太阳的人
一定犯过错误。
是错得太多
不容易——回忆起来。

而错误更多更重的人还在钻井取火
他们迷恋在黑暗的底下挖掘。
这些钻探队里的西西弗斯，不说他们了
诗歌不准他们进入。

另有一个我，一直卡在阴影里。
像没发现过错一样
就在今天以前，我都没发现这世界上还存留着好
我不相信金子的成色始终没变。
我总在怀疑正确
而正确必然不知不觉。

脱掉雪天灰暗的冬装。
我知道，对待别人要像对待自己
虽然穿着雪白衬衫的我做得不够
虽然时间不多了，我得把今后全部用来悔悟。
我要赶快设想，今天以后我该对谁好
在这个冬天，人人有了反光的内疚之心。

金器和尸体一样，越来越沉
而我已经把收割过后的荒凉的玉米田全部走遍。
我正在让我两手空空
像阳光把一切收拾干净。
不用着急，想把整个冬天的太阳一下子卷走
鸽子要自由，不能把它们私藏在屋顶
一个人只能占用一间阳光屋。
这些早都安顿好了。

向北的山都在思想
把有雪的峰顶通通保留如初。
越坚韧柔弱的越亮
水亮过石头，雪亮过灯
这个下午还有哪个会思索的人不满足。

4

年轻的那些时段，我从来没注意过树，
当然也不注意太阳，我没空儿。

现在，黄昏来了，就像我来了
呆在黄昏，就像呆在自己的身体里。
从来没这么松散
从来没这样漫漫无目标。

终于放学了
拿扫帚的人把最后一点光撩起来。
400年的榕树上骑了九个孩子
他们不知道400是多少
不知道一个人活不过一棵树。
九个孩子互相追赶
树冠悬悬的像喝多了红糯米酒的老猕猴。

这个时候，太阳在松手
它在半沉的雾里躺下
太阳下去了，那个不断调暗肤色的伟大动物。
诵经的按住了嘴，人隐进了寺庙。
软的力量，悲伤的力量
不出声，止不住流眼泪的力量
剥离的力量。
散落在地板上的纸一层一层看不清了。
今天以前被擦得惊人的干净。

光芒在褪掉，它从每一个人身上离开
随后，全都消失了
最好的眼睛也将看不见一切。
我是排在最前面的那个终结者。

光完全入了剑鞘。
留下来的只是黑暗中的我们
是它的焦炭马车一直一直把人送到了这一刻。

我将看着我死去，用夸父最后看见落日的眼神。
不去想光芒穿过我们身体以后的事情
只要能安顿得很深很暖和
几乎是最深最暖的了，我知道了。

没温度的球形台灯
照见地上印有凤凰的空袍子
最后是那五彩的缎子说话
它说，太阳真好。

在重庆醉酒

一

店家抱着透明。
这个玻璃的采桑人啊
忽大忽小
让我看见了酒的好几颗心。

今天所有的赶路人都醉倒重庆
只有我总在上楼。
满眼桑林晃得多么好
雨是不是晃停了？
闪闪发光
从玻璃瓶到玻璃杯
我上路比神仙驾云还快。

每件事都活起来
都引人发笑。
重庆坐到第二十五层。
我发现大幅度的走
天空原来藏在重庆之上。

笑从哪些环节里出来。
我就是最边缘
二十五层正好深不可测。

朝天门这盒袖珍火柴
挑担子的火柴头儿们全给我跳动。
火种不断钻出水。

是什么配制了笑酒。
我一笑
这城市立刻擦出了光。

二

今天一张开手又是大方。
长江把满江的船一下子漆遍。
满江的铅水
化了妆的人将走不了多远。

紧张啊紧张
把我送到今天的路全都崩断了。
我现在的责任
只剩了稳住朝天的门。

鬼怪精灵都藏在水里
可是我却喝出滚滚的一根火。
有火又有水
这种时候向前还是后退
心里轻飘飘闪进一对仇人
我的心成了三岔口。

这座城把不整齐的牙齿合紧了
上上下下都是不平。
打赤脚的先落进仙境。
人越摇晃越精准

所以重庆的血哗哗流在体外
血管里跑着黄色羚羊。
所以我被送到了这么高。

楼房排出反光的高脚杯
什么花样儿围着我乔装打扮
我好像就是光明。

三

栀子花跑出卖花人的蓑衣。
转弯的路口都香了。
我没招手花就悠悠地上楼。

随处插遍栀子的花
连作恶的人
也赶紧披上了僧人的素衣。
洁白趁着酒兴进城。

我止不住想笑
好事情也有止不住的时候。

被我喝掉的水
正离开我忙着四处开放。
为什么事事献媚于我
人人争着到玻璃杯里享受这一夜？

旧棉桃的空壳又爆出新棉花
理智的中心正在变软。
我喝了我能拿到的一切
这世界不能因此而空
松树柏树你们要用力去开花。
我害怕越笑越轻
无论来点什么
快满起来。

四

止也止不住。
酒带着人摇身一变
这个我陌生得让我吃惊。

光脚的甘地反复试探恒河
醉酒人早已经独自翻过喜玛拉雅。
过了雪山又将是哪儿？

慈祥又美妙的错觉海啸一样
比地火还要低。
我误入另一个水的世界
太阳落下去
光却自下而上透过来。
嘉陵扬子两条糊里糊涂的水
合流在二十五层上。

我看见盛满玩具的抽屉之城
难道属于我的孩子正在重庆？
为什么我所看见的一切
都如同己出。
黑瓦顶和街心花园
我忍不住想俯身
带你们去碎玻璃里踩水。

从来没有的奇异
人会跟着液体层层向上。
古人举酒总想浇点什么
而我却守着两条江
临水发笑
心里猛然坐满菩萨。

五

谁藏在笑的后面
谁导演了这出人和酒的双簧。

水不退火也不退
朝天门同时又是朝地的门
现在的我
顽强地想覆盖过去的我。
酒跳到胡涂里起舞
第二十五层忽高忽低。

这片轻飘飘的陌生灵魂。
为什么我要拖着你
再沉重艰辛我也要回去。

街灯比电还亮
满街的灯燃烧的是街灯自己。
重庆躲在深处掩面而笑
这个时候我该在哪儿?

向前还是向后
酒再深也要回到浅。
闪闪发光的东西让人走了眼
天堂里总在秘密加建地狱
我在哪条飘浮如断丝的街头买醉?

水融了玻璃
人不情愿地醉酒。

六

可是飞着多好
涓流一遍遍暗示着某个方向。

可是薄如栀子花瓣的门忽开忽合。
航道里挤满苦苦等我的客船
我被酒接走
正像一条江被海洋接走。
我一笑
水位就自然高升一截。

可是我碰到了真实的栀子花
我的手冰凉地白了。
我要贴近去看清这个重庆
它不过在一片美妙的雾汽间
为我摆布下
古今飘荡的酒肆
能看见的只有海市蜃楼。

再找那只紧靠住重庆的酒瓶
枸杞红枣里
盘坐一条灰黄花纹的老蛇。
我和它们谁是真实？
金子早早都被放生
我已经不想拿到添酒的钱了。

可是重庆照样金银闪烁。
我看得太清了
落进酒的透明里
我原来是一个好人。
朝天而造的门也是座好门。

大地灵巧如一双鞋匠的手（16首）

朵渔

绝望之为虚妄，正与希望相同

撒下一粒种子，抽出一颗穗来
必要的前提在于那种自我湮灭

雨落在沙上，变作沙的一部分
光落在暗中，却没被黑暗吞噬

爱情通常不是结束在通往法院
的路上，而是在无神论的厨房

黑暗对夜的无知就像我们自己
对自己，一个黑暗肉体的居民

相信清风和统治是一对好邻居

爱邻舍，这是我们浪漫的开端

父与子

我还没准备好去做一个十七岁男孩的父亲
就像我不知如何做一个七十岁父亲的儿子

十个父亲站在我人生的十个路口，只有一个父亲
　　曾给过我必要的指引
而一个儿子站在他人生的第一个路口时，我却
　　变得比他还没有信心

当我叫一个男人父亲时我觉得他就是整个星空
当一个男孩叫我父亲时那是我头上突生的白发

作为儿子的父亲我希望他在我的衰朽中苗壮
作为父亲的儿子我希望他在我的苗壮中不朽

我听到儿子喊我一声父亲我必须尽快答应下来
我听到父亲喊我一声儿子我内心突然一个激灵

一个人该拿他的儿子怎么办呢，当他在一面镜子中成为父亲
一个人该拿他的父亲怎么办呢，当他在一张床上重新变成儿子

我突然觉得他们俩是一伙的，目的就是对我前后夹击
我当然希望我们是三位一体，以对付这垂死的人间伦理。

脏水

他喝茶的时候，她正在将厨房的门关闭
看看天色已晚，又将晾晒的衣服收进去
当经过他身旁时，她看了看茶壶，是满的

她的心也是满的。她那么依赖他，而他
却那么无赖，她像一个稍有不忍便会
失声痛哭的人，你能从她的嘴角感受到
那种无力。有时她也想将生活像脏水
那样泼出去，泼出去，但想要再收回来
可就难了，毕竟，生活还需要这盆脏水。

安慰

每当我充满过失、涣散、疲倦而失神地
回到家中，需要一个无用的基础时
她就将臀部轻轻翘起，像一座铁砧
让我在上面锻打一枚枚钉子
用这些钉子，我将周围的空气钉紧
而有时，她也需要一场暴力的安慰
就像一块烧红的铁插入水中
她愿作那盆水。

稀薄

自由，以及自由所允诺的东西，在将生命
腾空，如一只死鸟翅膀下夹带的风

宁静，又非内心的宁静。一个虚无的小人
一直在耳边叫喊，宁静拥有自己的长舌妇

一朵野花，从没要求过阳光雨露，它也开了
一只蜘蛛，守着一张尺蠖之网，也就是一生

我渐渐爱上了这反射着大海的闪光的一碗
稀粥，稀薄也是一种教育啊，它让我知足

自由在冒险中。爱在丰饶里。人生在稀薄中。
一种真实的喜悦，类似于在梦中痛哭。

仍然爱：致卡夫卡

你们爱着这个天才，并希望
将他从黑夜的写字台边拉开
而这个人已经死了
死在了他独自经营的洞穴里
可你们仍然爱着他
仍然这个词真好
如荷尔德林所言
这样爱过的人，其道路
必然通向诸神。

轨道

窗外下着雨，人行道上的女孩
头发湿漉漉的，不时侧过身来
在男孩的脸颊上轻轻吻一下
男孩背着包，双臂环抱，伸手
在女孩的屁股上捏一把
隔着玻璃的哈气，看不清外面
但有一种青春的快意洋溢其间
还有某种似曾相识的失落的残余
一些美好的东西并不一定拥有
一些美好的人也只是短暂相遇
唯有自身的罪过会跟随一生
自身的罪，以及一些难言的隐衷
隐秘如房间里不绝如缕的钟表声
嘀嗒，嘀嗒，嘀嗒，像一列火车
静静地数着轨道上的枕木。

清白

他在世上像棵不生根的树
他在人群里像半个隐身人
他也走路，但主要是漂浮
他活着，仿佛已逝去多年
但他的诗却越来越清澈了
像他早衰的头颅
在灯光下泛着清白的光晕。

我们曾坐在河边的酒吧闲聊
聊一个人的死被全世界纪念
聊侍奉自己的中年多么困难
不断升起的烟雾制造着话题
没有话题的时候就望望窗外
黑暗的运河在窗下日夜不息
沉默的拖轮像条大鱼一闪而过。

大地灵巧如一双鞋匠的手

大地灵巧如一双鞋匠的手
它收容一切，修补一切
好人或坏人，洁净亦如是
肮脏亦如是。我们被安置
在这雾霭四起的大地上
那高于我们和低于我们的
都没能带来必要的教诲
我们活得如此这般，像一个
未获启示和蒙恩的人
活在自身的困惑里，而万物
则活在自身的意图里
像那些在雨中匆匆赶路的树
有时会停下来，静静地
看着我们，带着一丝怜悯

而大地灵巧如一双鞋匠的手
它安排这一切，允诺这一切
并带着怎样的忧郁，怎样的
确然，轻轻地说出：你。

受难天使

每个女人都注定会遇上很多
麻烦事。你看这女孩可爱吗？
嗯，很可爱，那么乖巧、懂事
见到每个人都主动叫一声叔叔
或阿姨，就像个小天使，照见
我们的腌臜与蹉跎。但她也会
遭遇难测的命运，在这个无神
的国度，不是每个女孩都能成为
贝娅特丽丝或抹大拉的玛丽亚
但每个女孩都将成为受难天使
成为所多玛和蛾摩拉的伟大献祭
她说起，有一次，在公交车上
一个老头用手托着丑陋的阴茎
戳她的屁股。很恶心，不是吗？
"不，是怜悯。"

卑微

我对我的无知就像我和你
你有时在有时像天空所呈现的一种
空洞的蓝，我无法确知你因为我就在

你中。卑微，因此卑微也在我的体内
我曾听到一阵不是的风吹送来的消息
一只甲虫要来与我同归于尽，不是你。

天啊，我的眼睛所赞同的我的耳朵却
表示反对，我已无法统一自己的全境
当灰色鸟群翔集于灵魂的对角线

犹如我的诗之于我全部的过往
卑微也被打包压缩在这些字里行间
其中有你，其中有我，而我有所不知。

静默

天一直很暗，厚重的云层阴沉着
时不时飘下一阵急雨，像是一种遗弃
石板地闪着光，树上的鸟儿
颈项敏捷地抖落身上的雨滴。
就这样吧，内心里一个声音说
拿去我的杖，饮下我的血，不要
留在孤独和哀悼里
仿佛是一种劝慰，也许是警告
说不清楚，总之是
什么也没做，抽两颗烟
将一杯茶喝到没有味道，天
也就慢慢变得明亮起来，而那个声音
也遥远得像是没有发生过
然而正是在这静默中
一种新的期待在指引我
那尾随而来的，又试图吞噬我。

寄意

有时我通过落在阳台上的雪
来爱这个世界，有时通过象眼里的光

通过一个女人来爱，这还是第一次
那一天夜里，我直到很晚才走下火车
徒步穿过郊区的旷野，村庄像一座孤坟
我听到月光落在瓦屋顶上，像清晨
新雪铺设的舞台，只为你我所准备
当它们升入空中，成为我们共同的呼吸
那一刻，在穿过你身体的那股暖流中
有一点是我温情的汇入而你并不知晓。

信任

没有什么比冬日的雾霾
为光秃秃的树枝所绘出的背景
更令人沮丧，有时你会想起
那以自我为背景的星空
所发出的微弱的光，那些光
也汇入虚无，成为雾霾的一部分
如今，诗歌是一座巨大的难民营
所附设的疯人院，在彼此所发出的
淡淡的光中，为自我加冕，乏善可陈
但荣誉已无法把我们从虚无中救出
大地踩上去软软的，雾霾自我们的肺部
生成，接下来该怎么办呢？你问自己
放弃乡愁吧，接下来交给疯子们去处理
就像信任一台街头的自动售货机
哗啦一下倾倒出属于你的硬币。

雾霾时代

窗外，雾霾倒立如海，火车站
像一艘静静的驳船
一枚干枯的浆果垂挂在树枝上

像不测的骰子在轮盘上旋转

室内偶尔的一阵明亮
那是积雪带来的短暂反光
寂静如林中鹿群竖耳倾听的一刻
一张记忆中的脸庞在窗外浮现

他们在雾霭重重中判了他的罪
用一群老人繁杂、糟烂的内心
他们用帝国合唱队的法律
让一个元音强有力地沉默下来

而现在，我也是沉默的一员了
仿佛一直都是如此，无论在哪里
我都是那虚无的、不存在的一部分
将脸埋在雾里，让沉默代替我说话。

雾中读卡夫卡

整个冬季，浓雾像一只安静的笼子
扣在我头上，太阳脆弱如树上的霜
每一桩悲剧都自动带来它的哀悼装置
毋庸我多言，我只需交出嘴巴
仍有一些冰闪烁在黏稠的空气里，像密伦娜的信
轻快的鸟儿如黑衣的邮递员在电线上骑行
在确认了轻微的屈辱后，我再次交出耳朵
郊区逐渐黯淡下来，地下像埋藏着一个巨大的
矿区在隆隆作响，我合上书，交上眼睛
并成功地说服自己，独自营造着一个困境
而现在，一只甲虫要求我对困境作出解释
就像一首诗在向我恳求着一个结尾
现在，我唯一的困境，就是找不到
一个确切的困境。

诗十八首

胡冬

漩涡

既然漩涡就是生活，我从未多想什么，
是生活在想我，
想我容身的居所，闲坐的寥廓。

如果诗歌也是漩涡，我何曾写过什么，
是诗歌在写我，
写我独揽的寂寞，长此的斟酌。

或者宇宙才是漩涡，无论我问着什么，
是宇宙在问我，
问它透气的清波，星辰的微沫……

五行诗

鱼没有踪影
鸟也没有踪影
墙上的斑点
荒淖上空的群星
清晰、明亮、渐隐

六行诗

语言颅内的蜀魄——
扇贝的表音文字！
金星把吻别推迟到清晨。

椋鸟夸奖我家乡的诗人：
离开眉山的苏轼，
离开江油的李白。

七行诗

沿蛇行丘而上
植物同声歌唱
到后来万籁俱寂
绝无思想

如此时光真正美好
青草永远生长
葵花永远向阳

黑马

我凝视，正在疏开的落墨处，
巨大空白间
翕动的一点黑，
慢慢看到，
从那旋转的隙缝中
朝我奔驰而来的黑马，
一匹黑骏马。
每当我惊叹那造化的黑骏马古，
美呆的她
立马以同样崇高的方言
大声补充——
不，是黑骏马古冬！

蜻蜓

前世的蜻蜓，可还记得？
曾一起飞过，
在南唐的黎明，
在日本的黄昏，
曾一起停留，
在一片芦苇的叶尖，
和谁家的竹竿？

母语

月白时我正冥坐如钟，
却道她写照的心头，
疼字想到我——

我才会变回到那个开花少年，
在一场偏东雨后，
倚听到西极，鼓点的催促，

咚咚，咚咚……

穹祗间她也曾安睡如弓，
且翕然深知，在她经纶的鼓腹中，
图字梦见我——

我才会嬉游在她羊水的海角天涯，
更在那待见的分晓，
痛吟着与她并力的心跳！

咚咚，咚咚……

雾神含诗

I

"……诗含神雾,
值得回味的谶语原来是这么说的。
每天我反刍它
草创的天地万物,
忘记我箪食的自在惹恼了生活。"

彼时,夜半的暖气片正形成气候,
窗玻璃多了一层朦胧。

"行了,咱也别欸乃得太远,
别净琢磨些个天聋地哑,
快把事儿弄利索了,
来趟北京,
你马上就明白那牛b的神雾是什么。"

视频里,朋友挪动电脑,
对准了楼层下晨堵的车流——
摄像头移向高处,
"霾!看见吗?"
低下来,他示范着地板上
振荡的空气净化器。

接着我听到他头一次霾怨,
(不是说霾怨总比不霾怨好)
我一面遥想伦敦曾经的煤雾,
一面神奇那迷濛的字头下面,
那弓着背逃跑的神兽,
正驱动它全身的笔划,
比豹子矫健,
比灵猫迅捷,
比千里马还缥缈,
比独角兽还超脱。

II

"没错,霾怨也没什么用,
除了在诗人那里。"
(期间,他的手机骤然响起,
我到厨房找了瓶奈酒,
只一会儿,
我们又绕回到陈古的话题)

"可毕竟,诗人又能何为?
哀歌能改变气候?
就算你说对了,诗是人的祖宗,
诗有什么不管——
然而古来的诗人,
哪一个不像我在意的朋友,
连自己都管不好。"

可不就是那么回事(朋友说得实在中肯),
个中奥妙,却不是我能够回答。
只是我忽而担心,
诗人来到世上混(不需要怎样),
如果词语不能让他跑得
比野兽更快,
(跑起来就顾不了那么多了)
他的想象,不能比现实更有想象,
(又是谁说了,想象是人本身?)
那么我们为他揽下的牛活,
只会把天生的诗人
折腾成老成的牲口——

(可不是吗,他还能怎样?)

"所以李白化去了,
杜甫终也明白,
诗人的相信,绝不止于相信
诗是牛胃中屯积的牛黄,

是含辛茹苦的
雾神肺部够呛的块垒。"

III

那本是个洗洗睡了的冬夜，
朋友的过问，烙得人心头热乎。
后来我们又瞎扯了些别的，
直到视频断了，电话里也听不太清楚。
我回到安静里，
困倦着，却找不回睡意。

我找出一只笔，试着在纸上写点什么，
好久我都没有那样写过了，
一笔笔，一遍遍，我反复写着同一个字，
那无比繁琐的字——
一直写到暖气凉了，
窗玻璃透出灯光的明亮，
一直写到东方欲晓，
写到我的笔下，霾散了！
它从一个字，分解成几个字，

几个字，几乎又要凑合成一首诗，
甚至一本书——

然而，那字里行间的声音却来自窗外，
湿漉漉的花园中，
雨水正一滴滴珠串起来，沿着苹果树
光溜溜的枝条坠落，
那窸窸窣窣分解的貍
也倒抽着冷气，尽脱去铠甲，
豸豸的，（字典上说，
就是弓着背然后伸长的样子）
一只只，没回到
它们蛰藏的，生活的土壤里。

倒过来看
——给一个牧师

倒过来看，圣经是一本户口。
天上的成了地下的——
我们神话的，家的猪窝也交汇成一棵树，
然后在史诗的分手处，
它鹿角般生出六条岔路。
迁徙中，多少个世代过去了！
如今在伦敦，条条岔路口，
日复一日，黑人，白人，
矮人和高人，无论长相和心思多么不同，
都比狒狒更懂得重逢的不易，
都知道远在非洲的高祖
把我们种在了一个盆子里——
我们是同一个豆荚里的豆子。
约翰，除了爱，真的，
解释和比较已经无关紧要——
虽然夜深人静，当我用汉字敲开中国的魔臼，
邪火迎面扑来——
那些写诗的财迷们，假冒，刽子手，
藏奸和蜀奸，
真的，我一个也不喜欢。

没有报酬，不能退休

没有报酬，不能退休。
卜居者正在清理，担心这傲然成长的
词句需要修饰——
他剪掉乱爬的藤蔓，翻弄满园杂草。

这是散文的风光，诗的季节。
从百合的鳞爪他看穿了一颗心，老年的无理。
干燥的甲虫在回归线上彷徨，

寻找事物的蒺藜，落脚点。

酒吧里的闲人，径直走回家的人，
神思一座煎熬的花园。
他是那变幻的高手，把渐渐老去的面孔
朝炼丹的炉火猛投。

其它念头也难怪使他疯魔。
诸如，词语并不光彩，不像便士，
诅咒的人不是拒绝付账，
而是期待另有个人替他付账。

他被一张嘴吸住不放，
被那酒的蚂蟥一直喝到月亮般苍白，
因而他不理会那诳惑的假象，
淙淙心血，哪有人倾听！

说来曾有过匆忙的春秋，
他曾熟悉花卉的豆蔻年华，会意蝴蝶的向往，
而今椅桌更换了，古人
乌发成雪，玄谈占据了他们的光景。

他们玄谈的是后院的修竹，前庭的洋槐。
满树金雨，豆秆向南天生长！
整个下午，他都在园子里劳作，忙碌，
并不经意地说出——

没有报酬，不能退休。
这就对了！即使模仿者反把它说得晦涩，
而神说透它是为了
最终不迁就谁，不碍着谁，

是为了帮助他，凌乱的人，
看到自己入夜的影子跟月亮纠缠在一起，
在亏盈中适应千变万化，
在叫做妻子的女友身旁躺下。

厚厚的书

1

天上有一本厚厚的书——

如果掉下来，
必将洗雪默尔顿修道院被摧毁的耻辱。

修士们魂灵的鸦雀
长跪，在侧廊和礼堂折断的尖拱旁，
在大超市和廉价楼寓之间
翻整的沥青路下，
祷词和燧石粘合着一处废墟——
上边，阴郁的礼拜天，
购物者们漠然地开着车，
从结着黑冰的路面嗖嗖驶过。

2

然而附近有一条青青的小河，
依旧伫立着从前的磨坊。
只要阳光乍现，
古老的水车就会汩汩响，
凉亭旁就会聚集起熟识；
不情愿上班的人就会歌唱露珠；
我就会穿过公路下短促的甬道，
去河畔的集市呆一呆；
或去跟一个艺术系的姑娘做爱；
我甚至跟一群本地的狂人，
在一个鼓噪的夜晚，
把我记得的诗，
在那黑黢黢的废墟上念过几首。

3

雪白的书，它快掉下来了！
大冬天，不知谁喊了一声。

（那苍老的言语在
云层的喉咙里哽咽）

愚人们不再争执。狐狸竖起耳朵。
旷野哭泣的羊倌
抬头张望——
一本被人篡改的书
在一双青筋毕露的手中
愤怒地颤抖。

4.
磨坊里，幽灵停止了唏嘘。
炉火旁安静的孩子们以湿润的眼睛恳求。
只只鸦雀屏息期待。
远方，诗人们贫穷的军队
集结在山坳，默候词语的补给。

夜空下，桥头和十字路口，
车渐渐堵了起来，
红绿灯闪烁着，无数雨刮器吱吱划动。

在伦敦慢慢凝固的阒寂中，
下雪了——

雪是上帝撕碎的圣经。

在英格兰

"雾海茫茫，济慈先垂下了头。
七月，雪莱把船翻，
接着拜伦一去不复返。
我夜难入寐。"一个星相家说，
"伟大的星辰都将陨落，但你将留存。"

"人敛聚的嘴浪沫翻滚，
为他自己招惹着横祸。
来，跪下来，让你我结拜。
让你我共仰。"一颗灾星说，
"让好预言的人们炉火中烧，但你将留
存。"

"飞机触地，牛发疯，
鸟粪落到我的头上。
我沿途乞讨，裹着狺狺的灾光。
我并不动摇。"一个富翁说，
"直到我摆脱了厄运，但你将留存。"
"一些为自言自语出尽了风头，
另一些头脑清楚，能做的都做。
远足者，我曾想你不会比我懂得
成年人多么一致。"一个约克郡人说，
"可惜你虚度了光阴，但你将留存。"

两节溜冰课

和谁也不打招呼，
和谁也无瓜葛，
但白天却跃然纸上，
紧攥着笔端摇晃的脚。

脱臼的自学者，

优雅得像在商场，
为了不碰翻每一样东西，
为了更像一个艺术家。

诸夏

言语，归到你们各自的省份！
你们连累的匹夫也一样！
他们将不再被迫说普通话。
他们将像高丽人那样过一个好年。
他们将议论诸夏的版图，
在远游和归省中，
好好想一想他们各自的国家！

流亡

废墟上我拾掇，辨听，
瓦砾的呢喃纷纷——
成都话，湘潭话，
苏州话……

迂回中我沉吟，嘴的华夏，
大地曾耸立的宝塔——
俄语，英语，
冰岛语……

借鉴

让我们穷尽言语的高古
赤松子，鬼谷子……

让我们崇尚异国情调
真纪子，美惠子……

汤圆

说着说着就到了说好的年底，人间就又要较
　　真一番。
就连上帝，也得在节日的孤单里，
变出汤圆来跟自己对质。

掌心搓圆的行星伴随
搓圆的恒星，牵引着清辉的月球，
像一个游戏：在循环的轨道上，

还有什么东西，
可以从逃亡的风俗中回归，
不是从南到北，而是从东到西？

铁翅的天使们不说破这珍惜的谜语。
团圆的家家户户也赶忙包着，
把络绎不绝的日子挨个包好，包紧。

团团的，糯糯的，
玫瑰的，芝麻的……
破晓的火，化开了洪荒的一大锅水。

如同在一座别样的幽居，写着写着就饿了，
遁世的诗人轻拨星盘的颗粒，
跟上帝议论着完整：

我的指间，又一次，朝气缭绕变白，
浑然升起的汤圆的幸福，
就是饱满而不破碎的词语一个个浮上来的幸福。

八月的燕子

那一次，在多尔多涅，南方的腹地，
我们望着一扇被击破的，年深日久的窗户发
　　呆。
八月的燕子曳滑着，疾速而准确，
从刚够容入它的，玻璃的锋芒间进进出出。
废弃的农仓内，雏燕噪动。
怕惊扰了它们，我们就没进去看个究竟——
那时，湖畔的野薄荷正芬芳迷漫，
田地里，竦立的向日葵枯黑着脸，背过身。
那时汉娜才刚刚发育，莎拉像只欢颜的甲虫。
你洗着新采的蘑菇，和她俩的母亲，
你们用女人的眼睛嬉弄着，打趣着文明的疯狂。

旧日的燕子是不是也用轻盈的鳍划着
追忆的蓝天之水呢？
另外两次，我把诗人带到了村里。
记得健在的那个跟我说，难道词语也会追随
　　旧日的词语，
世世代代回到它们古老的家？
逝去的那个则说，还有什么比翅膀的锋利更
　　诗意的呢？
距离在我们之间摇晃，我们却挚爱地大笑着，
在一个大热天，沿着天空裁开的蓝，
把车开到了拥挤的海岸线，我们晒脱了
　　皮——
忽然，你指着大西洋翻滚的边际，
那儿渺小的燕子正挥舞着剪刀，像几只逍遥
　　的逆戟鲸……

时间表：2015（17首）

何小竹

春节

这个春节阴天太多
没什么事做
而无所事事并不一定
就利于思考
妈妈问我
还准备在家待多久
我说，等太阳出来了
就回成都

放下

放下茶杯，茶水已经淡了
放下香烟，烟抽太多，累
看一看四周，还能放下什么
四周空寂，天近晚，狗不叫
春节过后就心生厌倦
决定着应该放下很多东西
但真要放下的时候，却发现
除了一杯茶，一支烟
其实并没有多少放不下的
自己把自己想多了

怪梦

梦中，梦见一男子
大声呼喊:要挣钱啊
喊着喊着把自己都喊哭了
醒来之后觉得这个梦
太怪了，一定要记下来——
一男子在梦中大声呼喊
要挣钱啊！撕心裂肺
把自己都喊哭了

两只狗

原来只有一只狗
就是这只狗
后来又生了五只
送走四只，留了一只
跟原来的那一只
加在一起就是两只
两只狗，一只叫小木
一只叫小可
小木就是生下小可的
那只狗
送走的四只狗
三只在成都
一只去了重庆

把冬天的衣服收拾进衣橱

天气转暖已经有些时间了
出于谨慎，没敢马上把冬天的
衣服，收拾进衣橱

这些厚衣服，加上已经用不上的
棉被和毛毯，太零乱了
确实占据了不小的地盘
也拖延了许多时间
所以今晚我下定决心
将所有冬天的衣服（它们主要是
毛衣，羽绒服，灯芯绒长裤）
连同棉被和毛毯，收拾进衣橱
关上衣橱门的时候
我有一种轻松的感觉
我想，这就是所谓的春天吧

五十以后

此时，塞万提斯已结束旅行
回归故里写起了《堂·吉诃德》
蒲松龄也一样，放弃了科考
专心于《聊斋》的写作
而我，五十以后还在忙于生计
无法确定自己的时间表
在去往六十的路上
随波逐流

半夜

宇宙多么浩渺啊
只有在半夜才感觉得到
我站在半夜里
面对宇宙
什么话也说不出来
真是很悲伤

七点半

七点半，有人爬上屋顶
开始了一天的劳作
比屋顶更遥远的
中东沙漠，一只骆驼
正在缓慢行走
我应该羡慕那个人
那个屋顶呢？还是羡慕
那片沙漠，那只骆驼
七点半，有人扯开嗓子
打牛奶啰，买包子
有人还蜷缩在被窝里
翻看手机上的微博
我应该喝一杯牛奶
吃一个包子呢
还是在微博上写一首诗
祝情人节快乐

烟

读一本书
我最想要的戒烟书
以上是书名
作者皮特拉·诺伊迈耶
一个德国人
据说读了这本书的人
都戒了，很灵
送我书的人
想要我也试一试
是不是真有这么灵
晓彬，谢谢你的美意
我把书放在枕头边
好多天了

读不下去
不是书写得不好
而是害怕
真要应验了
我怎么办

读傅山的世界

从头发一直向下
经过耳朵，眉毛，鼻子
和嘴唇，我闭上眼睛
体会水在皮肤上的奔流
无孔不入，清洗
到脚趾

读傅山的世界
有如一次沐浴

九行诗

手机，15%的电量
能做点什么？
看100个左右微信朋友圈
打半个小时的电话
拍60多张照片
或者，开启导航行驶25公里
从华阳到某个陌生的小区

不，我选择写一首诗
一首9行诗

去神仙树的路

去神仙树的路
有三条
最近的一条
其实就是大家以为
最远的那条
这条路
给人一种错觉
好像它比另外两条路
更远
（就因为它是一条曲线吗）
但其实走过才知道
它更近

灵感

整个下午
我看你的手三次
看你的眉毛三次
看你的眼睛三次
所以，当你问
写作是否需要灵感的时候
我说是的，需要
然后就是晚上
整个晚上
我又看你的手三次
看你的眉毛三次
看你的眼睛三次
我开始觉得，灵感
也并不是那么重要

看刺客聂隐娘

看刺客聂隐娘
其实看的是导演侯孝贤
我的观感是，他心不乱
所以，这部电影是一面镜子
从中可以照见我们的心
究竟有多乱

泡脚

今天我烧了一壶水
倒进一只脚盆
当双脚泡进热水的时候
我想，一切的操劳
无非是让脚暖和一点
于是我写了这首诗
在手机上

又下雨了

从9月3号到现在
成都雨水不断
感觉整个2015年的雨水
都集中在了9月这个月份
这很罕见（至少去年不是这样）
我是个很少出门的人
下雨不会给我带来太多不便
我其实还很喜欢听雨声
尤其在晚上的时候
但如果我说我喜欢下雨
恐怕会得罪很多人

他们一早要出门上班
雨水会打湿他们的裤脚和鞋
即便是那些开车的人
雨水也会影响他们的视线
甚至带来一些危险
所以，当雨又下起来的时候
我不会说我喜欢下雨
我只说，啊，又下雨了
在雨和这个世界之间
恰当地保持中立

恰似一江春水向东流

吃烟，抽烟，吸烟
三个动词，有时我偏爱吃
尤其晚上的时候，吃烟
带一种隐秘的狠劲
有时，我又喜欢抽
表明内心的跌宕和起伏
抽吧，抽死他妈的
更多的时候，当然
还是倾心于吸，呼吸的吸
漫不经心地呼吸着那些
飘过嘴边的烟雾
恰似一江春水向东流

最鲜明的对比（12首）

臧棣

比雪白更邀请入门

地上，半尺厚的雪
白得就像世界的请柬。
如果你弯腰，辽阔的原地
可在五分钟内，将任何陌生而遥远的
距离，缩短成心灵的跋涉。

四周，天气灰沉像冷宫的锁
被云的钥匙轻轻插了一下。
但考虑到你也赞同：在打开自我之门之前，
不妨先自我一个同伴；我们所总结过的
冷，不过是双重的幻觉。

人世的冰冷，其实冷不过我们模糊了

我们的羞耻。人心的冷漠，
其实冷不过你已无能假设
对面的山坡上，你的背影远远看去
像一头即将成年的黑熊。

比雪白更见证入门

这里，北方已足够遥远。
高达三十米的红枫树下，
小松鼠随便一个蹦跶，就能翻进
你的风景照之中。所以，
站在桥上，看着河水鼓起肱二头肌
夹着大块的浮冰，替我们

去给时间送礼，我甚至从未想过
水流的方向有可能是
朝着北方去的。周围的山势
也无不辉映着从北到南的
雪白的倾斜。这里，纬度高得
甚至能让下坠的白象
制造一朵无人能叫出名字的
蘑菇云，其威力足以媲美
比寂静还假象。就环境而言，
心灵是孤独的猎手——
确实是算得上一个不错的主意。
我甚至想过，一旦我们有机会
将天助落实到自助，
最好的结局，也不过如此。
自不惑之年开始，你几乎很少掩饰
我从不迷信知识分子的见证。
至于诗的见证，我祈祷它
自然地发端于伟大的日子：
比如，住下来之后，
从一个不降雪的黄昏里
抬起失眠的头，我猛然意识到
桥下的河水先是朝北方流去，
然后沿山谷，迎着猛烈的落日，
迅速拐向西方，隐没在
比北方更原始的方向感中。

比雪白更告别入门

这么多雪，从主角到配角，
一律乳白到你平时很少想过
人生其实也是生活的颜料。
被侮辱过的，更早先的故事
多半也是麻木的写照，
并在随意的涂抹中加剧了

命运的倾斜。群山的深处，
无论好坏的话，天气不过是
刚刚清空的颜料袋，透明到
甚至连美好的白云也因快速的移动
而显得辽阔。比秘密更幸运，
意味着来自人世的，和来自宇宙的
孤独都不曾辱没你的决心。
好吧。就算有分歧，请给我五分钟，
因为你的决心很可能是
我们从未用过的一种原始颜料。
比如，倾向于记忆的纯洁时，
你和雪的关系，很像主人不在时
过客和雪白的羊群的关系。
而更清洁的源头，按红松树干上
箭头指示的方向，一直延伸到
一个人假如不因你的温暖而存在，
那么她和水貂的区别，甚至连绿头鸭
也难以分辨。而一只出没在
基训河边的水貂，如果没因你的呼吸
而加入冬天的记忆，那只表明
你还没学会在深渊中告别。

比雪白还插曲入门

积雪的小山谷冷却着
世界的冲动。远远看去，
几条小溪仿佛已冻僵在
白色的梦中；但走到近处，
你会看见潺潺的细流
如同一把缓缓转动的螺丝刀，
一直在那里默默松动着
自然的假象和我们的偏见。
稍一环顾，纯净的空气
就是最好的画框，尺寸齐全到

比透明还极端；最主要的，
它们能主动搜索到浮现在
你脑海里的任何感人的东西。
比如，山楂树上，蓝松鸦
在午餐前还戴着野鸽子的面具，
此刻，它正忙着用它的影子
为你制作会飞的安眠药。
高大的雪松混杂在红松中间，
等候着你的到来。但是事后，
你知道，这样的到来其实
很可能是插曲中的插曲。
比如，开始时，雪是你的插曲。
但现在，你是雪的插曲。
且这新的对称还在不断刷新
生命的逻辑：比如雪是你的插曲
只是你是雪的插曲中的一部分。
而反过来，你是雪的插曲
不过是雪是你的插曲中的
一个更隐秘也更冲动的例子。

再进一步，由长着犄角的
颂歌奠定的雪白的矛盾
仿佛只能由一个人的挽歌来解决。
但你知道，拒绝利用雪白的挽歌
就如同在个人的孤立中
学会拒绝雪白的诱惑，
是一件多么艰难的事情——
毕竟，我们能给出的理由
并不充分如你肯定没见过
雪地上新鲜的鹿粪。或许，
你还有更绝对的参照物；
因为任何时候，雪更愿意
与你分享的宇宙的秘密是
雪是记忆的燃料，反常的
但却绝对精纯的燃料；
并且，摸上去越是冰冷，
那无形的燃烧，就越是可靠——
甚至能持久到一千年后，
无论如何改名，你还是可以
从我身上认出同样的遭遇。

比雪白还挽歌入门

遥远的雪白中，寂静
如同无形的砝码，冷峻在
阿巴拉契亚的山影中。
任何东西，无论如何晦暗，
只要它依然还存在于生死之间，
你都能给予它必要的衡量——
那衡量，甚至能精确到
仅仅借助人生的孤独，
我们就可以分享生命的意义。
僻静的松林中，汩汩小溪
如切开的脉管，试探你
如何摆平世界的虚无。

比雪白更暗示入门

在我们中间，还从未有过
一种距离，明确得就像
你正站在好人和好雪之间。

请理解，留给好人的时间
总是那么少。而仅只是随意的一瞥，
好雪就已有好多意思。

最突出的，因为个人原因，
寒冷比天气还氛围，好雪有好多时间
可用于制作孤独的胃口。

效果也很明显；毕竟，这些银白的
边界随时都在因你而移动。
这些天，你回答得最多的问题

就是你来自北京；而它的回音
在佛蒙特的美丽山谷里，听上去就像
遥远既很腐败，也很新鲜。

要不要试一下，比孤独更胃口？
白色的囚徒。幸运的是，雪已答应作你的牢笼；
前提是，你也答应在这迟到的禁闭中

为自由的代价更换新的零件。
凡是在我们的精神中，被忍受过的，
其实大多都可以凭借爱的孤独

将它们重新再消化一遍。
但最关键的，这口信是否准确
取决于你能否像雪一样保持比死亡还安静。

——赠陈黎

比雪白更迷途入门

因为两边的积雪深厚如
严厉的边界，山谷里的公路
看上去如同刚固定好的
银黑色的沟槽。与此平行的
仿佛是静止在风景流水线上的
人类的尽头。如果你嘀咕
你看见的不是全景，暴风雪
会从桥头一直将你卷进

什么是世界上最冷的脱衣舞。

但幸运的，难道不是雪霁之时，
唯有这蜿蜒的寂静能反动于
雪白的色情。难道最好的耳语
不是来自北美乔松高大的见证：
驶过的车辆正不断加深着
同样的轨迹：从前灯的物质主义
到雪泥的自然主义。偶尔，

几声鸦叫将天色压低到
仿佛是从老唱片上隐隐传出的
大地之歌的切分音之中。
一转身，无数条迷途已干净在
无边的雪白中。年轻时
你不会觉察到：人生的恐惧
不在于误入迷途，而在于
你从未想过你会错过迷途。

比雪白更角色入门

比漂泊更漂浮，你的命运
是成为雪，直到比飘渺还飘忽。
而我的命运是成为你的听者；

你的，唯一的听者，
或许这其实也没那么重要。
因为更突出的，我早已是你的观者。

我喜欢看着你独自清唱，
将雪白的寂静扩大到宇宙的沉默中。
我以为，你的沉默是

环绕着我们的，最好的回音。
我是主动申请到这里来的，
以便我能在你非凡的冷静中

重新看清楚，隐匿在
我身体里的那份温暖
最终能融化的，究竟为何物。

比雪白更建议入门

下雪的时候，关闭的门
远远多于敞开的门。

白色寂静如同一片新的领土
绕过土星环，径直伸展到你的脚下。

如果我们没能及时认出彼此，
也没关系。因为通往河边的小路上，

北美海棠已将树枝上的新雪制作成
细长的白绳子，以便你

有特别的东西需要打包系紧时，
能随时伸手够到它们。

最好的东西，其实就是
你还能从自然中获得一种帮助。

或者，假如你真想知道
这些绿头鸭是否还和我们是同伙？

你就必须走进小河在漫天飞雪中
也会向我们敞开的那扇门。

比出窍还雪白入门

远处，铅灰色的云雾
解开了世界的吊带。慢慢出鞘的是
被耀眼的积雪舔过的，

据说偶尔还能看到棕熊脚印的，
脾气甚至好过天堂的
阿巴拉契亚山脉的大小峰峦。

近处，密集的光溜溜的灌木枝条
无知于它们曾构成怎样的阻碍。
野兔的足迹看上去像是

从另一个猎人的脑海中直接
复印下来的；出窍的仿佛也不是
一直出没在你身边，你却从未见过的我。

比雪白更独奏入门

深山之中，白色的寂静
比任何时候都更像雪的音乐——
北美的寒风，树枝的摇曳，
短暂的冬季的阳光，都加入过

它的基调。甚至回音的肩膀
也很宽，宽到你和鸽子
可以同时站上去，旁观世界之谜
偶尔也会讨教人生的回味。

要么就是，我早已在我抵达之前
就蛰居在对面；无论我们的
真相如何复杂，单纯的聆听本身
已构成一次彻底的解决。

这样的安排也许并无深意，
甚至有点随便，就好像
你，看不见你的白耳朵，
但是你能看见雪的白耳朵。

比雪白还仪式入门

松林的边缘，积雪
因日光的朗照而卷刃，
看上去比世界的冷酷还冷静，
但也不乏刺目的温柔。

绵延的阿巴拉契亚山脉
为它们定制了一种高度，
既古老，又偏僻；作为回报，
它们将埋伏在它们身上的

雪白的安静，展示成一种积极的沉默：
不管你打算朝哪个方向走，
它们都比纯粹的自我还擅长
带我们回到天真之歌。

韩国行（12首）

伊沙

不爱眺望

在北京飞往首尔的班机上
当电子屏幕上的飞行图显示
我们正飞过祖国
辽东半岛普兰店上空
我想站起来喊一声："徐江！"
然后用手指一指下面
当时我没有找到他坐哪儿
11年前辽东行
我们曾在下面的大海中游泳
岸边的渔民说：
"远处就是韩国"
我们一望
不见韩国

只见一艘军舰
泊在海湾
我们也没有望到今天
好像我们在一起
从来不眺望什么
"北师大帮"的眼中
似无世俗的目标
这最后的理想主义者

首尔初印象

街上行走的女人
黑与白的色调

她们的素雅
令此城更像
汉城

明洞即景

首尔黄昏
明洞街头
最美的女人
是一位头部
受伤的女人
她头部缠绕的
白纱布
成为最亮眼的
头饰
照亮了整条街

人写合一

在异国街头
我不是持续行走
能力最强的人
但我一定是
不断歇不断走
可以一直走下去的人
就像我一路走来的
写作

太极旗在飘扬

景福宫
后花园
莲花池
唯一的动静
是一只小青蛙
以标准的
蛙泳之姿
悠然游着

稻草人

在首尔街头
我们向一位
独臂老人求摄
是没有看见
他左臂
空空的袖管

他一副抱歉的样子

后来
他站成
城市街头稻草人
为我们向
匆匆行进的路人
求摄
终于无果

后来
我们回到宾馆

各回各的房间
每个人的手机里
都收到了一张
我们想要的
照片

韩国真容

以女性之美示人的国家
暗藏浓郁的诗意

女人当如韩国女人
把自己当作一株植物
当作地球美丽风景的一部分
修修剪剪也就成了家常便饭

整容也是需要底版的
黑哨也是需要实力的

首尔地铁

在我不知其名的某站
上来两位年轻的士兵
绝对靓仔
俊如明星
像画中人
尽管如此
他们还是给车箱
带来些许安全感

不要以为你们了解所有的中国人

9号晚宴
韩方请客
只请四位
刚在韩国
出版了诗集的诗人
其中三位
还刚刚获得了
他们颁发的
亚洲诗人奖
其他诗人
需要付费
每人须付
人民币两百元
结果一个没到
包括可以
白吃的四位

事实的诗意

三八线
不是一条线
它有4公里宽
南北朝鲜划定的
非军事区
60年过去了
成为世界上
最成功的动物保护区

节奏

当时我在浴室沐浴
从没有关死的门缝里
传来一种发报式的声音
得得
得得得
得得得得
得得
我关了水笼头
仔细谛听
得得
得得得
得得得得
得得
听了半天
恍然大悟
是同住的诗人徐江
在用久违的纸笔
伏案疾书
为晚上最后一场诗会
备战
得得
得得得
得得得得
得得
哦，这发报式的声音
是中国诗人
行走世界的节奏
我开大水笼头
辅之以大海澎湃的背景

在戴高乐机场转机（十一首）

蓝蓝

在戴高乐机场转机

候机大厅里哪个是巴迪欧？
或许还有正在看报纸的齐泽克，据说
他所有的袜子都来自汉莎公司。
而我手拿红色中国护照，出生于
"文化大革命"的第二个年头。
小时候我偷看过父亲的日记，
他为请假去看望还是恋人的我的母亲
而深刻检讨，认为这是"自私自利"；
至于我的母亲，一个共青团员，
在冬天挽起裤脚为公社挖泥
双腿从此落下了病，再无法治愈。

他们从没有出过国，无法想象

戴高乐机场扑鼻的巴黎香水味。
还有那些衣着光鲜的乘客，美食；不知道
一掷千金的大亨如何一掷千金。
他们的亲戚，很多都在农村
孩子上学要翻山越岭，老人生病
基本要砸锅卖铁——那是一些
默默出生又默默死去的人们。

黎明，我亲爱的朋友来了电话
问我在戴高乐机场有什么感想。
我曾经来过巴黎，有时也在这里转机，
法国有我喜爱的诗人，艺术家，
也有活着时遭受围攻的加缪，
他像傻瓜一样居然要推着巨石
徒劳地攀登科林斯的高山——

而这次，我就要去那里为他献上
一束野花。至于戴高乐
他在我出生后的第二年
那著名的五月风暴中惨淡下台
败于欧洲红卫兵怒吼的街垒。

我站在1966年和1968年之间
站在两个世纪的东西方之间
在灯火灿烂的戴高乐机场，仔细辨认
某些对东方充满幻想的西方人
发现他们的两条腿居然全是左腿。
他们从没到过中国农村，那里现在有大片
被污染的荒芜的农田，而一些村庄
被称作艾滋病村、癌症村。

我想请雅各泰和雅姆一起喝一杯咖啡
说一说我们都热爱的大自然，
说一说让赞美打雷的人感到害怕的种子
——大麦，小麦，谷子和苜蓿。
然后，我将直飞希腊，
去拜望萨福和俄尔甫斯，
并向苏格拉底的小神致意
——或许它已经飞到中国，正与
四月的花神、树神一起嬉戏。

船夫
——致萨福

哪个船夫？姓甚名谁？
——他是大街上的任何人。

而那英俊的执酒官的姐姐
已经两千七百岁，站在
港口，望着离岸和靠岸的大船

——那少女的眼睛
——那波浪的嘴唇。
那赤裸的、灿烂的星星！

东方人说

厄流西斯，俄尔甫斯教秘仪之地
德谟特尔的祭坛
山洞和废墟。遍地不知名的野花
贴地低低燃烧了过来。

石缝间，柱子下，水洼中。

一株大麦就是德行。
一株小麦就是思想。

谷物女神的领地，母亲和女儿
都曾从地狱回来。

她们的胸乳和肚腹宽大柔软
那些红罂粟，那些浓密的草
正在结出种籽。

俄尔甫斯正是为此而歌唱。
一株大麦，一棵苦荬菜。
当他被撕成碎片——记得吗？
德墨忒尔的谷子也是碎片
在东方它们就是——
稻、黍、稷、麦、菽

泥土里，石缝间，柱子下，水洼中。
大地拨动诗人，那些叶子和花
扁平的舌头，酒盅的喉咙，

万物就是德行——
它们在唱，唱着生育和春天。

逃亡

斯大林的功绩？俄罗斯人开始新一轮的怀念。
民族，多么有力的强心剂！
足以抹去尚未愈合的伤口
而在我的窗前，一样的景象涌进
开始变暗的黄昏。

唯有大地埋葬着诗人和孩子
一个又一个孤独的姓名
没有民族，没有国家
在被压抑和窒息的胸口
在一些充满恐惧的诗句里
他们越过人心的牢狱，继续着
无尽的逃亡。

他坐过牢
——给托马斯·萨拉蒙

2008年在安徽黄山黟县的村落
他和哈斯，和蒂本
站在竹林里，感到竹子们在靠近
一些鸭子在还未被污染的小溪中游泳。

他的眼睛里闪现一些沉默的忧郁，
总是更多的沉默，在一群人中。
我记得他的诗——那为他所爱人写的
句子，瞬间他把自己变成篝火。

他坐过牢。我记得。我一直记得
即使在他笑的时候，头发灰白
但腰板挺直，显得很年青。
那些囚室是什么样子？手铐或绳索
留在他发青的手腕上。

他坐过牢，为了那些要发芽的种子。
托马斯·萨拉蒙，我认识他，
忘不了他坐过牢。有那么多人
因为写诗和说话坐牢。

竹子们翠绿，笔直生长
因为诗人们的靠近而无声欢喜
这些知音们受过人类加诸他们的折磨。
如今他走远了。我在德尔斐得知这一噩耗
那里有九位缪斯在山上隐藏
一个小小的祭奠，一把野花
现在，他更自由了。

山野。花朵。云和他硕大的微笑
印在天空上。囚室依然无处不在
诗人依然无处不在。

希腊人说

"告诉我，在祭祀中他们做些什么？"
"焚烧动物的皮毛和骨头，"他说，
"所有人类不能吃的东西，都将
奉献给神。当它们在烈火中嗞嗞作响
众神们就会从四面八方聚来。
人吃肉和植物，
而神吃蓝色的烟雾。"

我看到，晨曦和暮岚在树林后轻轻弥漫。

有什么动静在芦苇丛里窸窣，又
消失在溪水流远的深处。

"那么，希腊人如何在心中高举
十字架，又在教堂的钟声外
赞颂波塞冬的海浪和阿波罗的光明？"

"或许，罗马人的马蹄从未曾踏上
雅典发烫的石头。在海德拉的爱若斯山顶，
阿波罗的马车正在教堂的三角门上奔驰。

或许，神更喜欢坐在钟楼的尖顶，
从云中钓一滴雨，或穿着带破洞的裤子
敲响陌生人的大门。"

"那么，如何解释拜占庭？为何
某个地方名叫君士坦丁堡，又叫
伊斯坦布尔？甚至更多的名称？"

"但它只是同一个地方，不是吗？
我不确定知道神是否喜欢他建造的房屋。
我不确知神是否授权于人间的法官。
我猜想他厌恶鲜血和尸体，假如这鲜血
不是从他的胸膛涌出。别忘了，
神只喜欢吞吃烟雾。"

"我想，人也许会为造出更多的刀剑
而胆寒，如果他们能够想到自己的喉咙。
现在，请带我穿过卫城脚下的教堂，
到海边去，绕过那些无名的
环形石头祭坛，以及那些沉默的仙人掌
把自己扑嗵投进大海。"

"我想我会记住一个老妇站在礁石上，
阳光照着她古铜色下垂的乳房，
布满皱纹的小腹和花白的阴阜。

她与那个同样赤身裸体的男子
谈论着海水的冷暖。
那男子有着少年的腰身，到了夜晚
他会被强壮的生命带领
将整个身躯送进另一座教堂，并在
时间坚硬的祭坛上留下膝盖
清晰的印记。

如果这不是神所喜欢的，
还能借助什么使他的双手表达
他那所向披靡的力量呢？"

推子和她的姐姐

爱把"虽然"变成了因为。
仁慈就把"尽管"变成"原本"。

推子临死时对姐姐说：
姐呀，我死了谁跟你做伴？

没人相信一个傻子会说这样的话。
全村只有她的姐姐信。

那个为了傻妹妹
一辈子不嫁人的姐姐，白发苍苍
七十多岁的老姐姐。

无情的人

是一个出家人。
是一个不知道什么是男人的寡妇。

是一个脱光了衣裳也脱光了念想
　　跳进冰冷海水的人。

一个转身就再也
　　不回头的人。

哪个村子里没有一口深井？
哪个村子里没有几根绳子？

无情的人砍断自己的手
不许它们向世界伸出去。

把他们抱走的土地爷从不哭，他说
人啊，你们才是埋人的阎王。

那么多河水默默流淌
唉，那么多野草在春天发芽。

无题

如果我消失，那空洞就造成
一个更大的我。

虚无吞噬我。
唯有此，在绝对的虚无里
时间不动，在
一个逐渐扩大的空洞中。

六月多雨的南方

这是多雨的六月，亲爱
南方的雨更大，彻夜下着雨

密集的雨声，嘀嗒的雨声
都是你的名字亲爱

我还在继续凿着我的墙壁
因为上个月燕子飞回来了
在楼门洞口衔泥做巢
就在那锈蚀的钢梁上
我整夜工作，向燕子学习
全然不管这里不是树林而是钢筋水泥

你知道，太多的地下车库
成了孤魂们藏身的地方
轰鸣的马达声掩盖了那些哭喊
还有楼顶徘徊整夜的身影
窗子里纵身一跃的人

故乡松软的泥土没有来得及
赶过来接住他们——
我凿着墙壁，一页页读书
我想去本雅明的墓地看看
那个西班牙边境的小镇
真理会延迟一个夜晚到达
鸟儿飞过界河，落在橄榄树林里

他们用这种绝望的方式换行？
或许我并不赞成。汗水流到胸前
衣衫湿透，我凿着墙壁
明天的追悼会我不能去了
我会接着写下去，换行
浮上海面透口气
直到完成这首诗亲爱

因为这多雨的六月
南方的江河暴涨
我已感到这厚厚的墙在摇晃
——相信我亲爱

山神庙

有人在神位前烧香磕头的时候，
庙祝就开始打长长的呵欠。
问他为什么？
他说他感到神灵来了。

山神庙在大山的出口，
紧挨着沟口水库。
河里已经没有水，
流淌的是滚滚的鹅卵石，
还有淘金人的贫苦和贪心。

村子里的人越来越少。
村子里的井很久没人来打水了。

现在，荒凉就要代替村庄的名字，
那样也好——
天一黑，杨树和桐树就从山坡上跑下来
弯下脖子在水库边喝水；
死去多年的外婆骑着马，而外公
赶着驴车，十里八乡的亡人们
穿红戴绿到河滩里赶集。
长满荒草的戏台敲响了锣鼓，
鬼魂们上演着活人的故事。

院子里的椿树现在是看门狗，
它哪里也不去。
山神爷从神位上跳下来
吃完了贡品，领着
多年不见的虎豹挨家挨户巡视。

纸糊的竹灯笼在沟壑里闪闪烁烁
红灯笼是给新娘提的，
白灯笼是给新亡的孩子提的。
夜半时分，

山神庙朝村里挪动了十步，
为了——让到处是残垣断壁的村子
看起来不那么凄惶；
而那些客死异乡的人们
正趁着夜色朝家乡匆匆赶路。

秋风里的刻度（13首）

李元胜

不在场的我

我们无休无止地挖掘地下室
我们无休无止地折叠真相
我们口吐莲花，聊天中的机锋
像迷恋某种看不见的杂技
只有在黄昏，一个人散步的时候
我才是羞涩的——
另一个我回来了，夕阳用最后的黄金
镀亮我心中深浅不一的沟渠

南山

顺着那些小路，南山
有时下来看看我
空气潮湿，紫藤突然黄叶纷飞
我笑了，仍然低头干活
"桌上有一杯好酒"
看过我的南山，没有回到以前的位置
不易察觉的偏差，记录了它的一次旅行

终生误

从纸上拉起一片湖水

或者，在一首诗里放下你的倒影
一部剧，一张虚空中的网
拽着不同时代的失意人
让我们跃出苦涩的湖水吧
经历又一次重逢、相爱和失之交臂
我在这厢徘徊，心头强按下水中月
你在那厢惊醒，镜中开满繁花
生活，折叠我们只有一次
而它的错过反复消磨着我们

一个人是另一个人的仙境
也可能是另一个人的寒庙
而一部剧是一个时代的后院
一个名字是一群人的突然缄默
这无限折叠的人生，无数朝代里的活着
我多么恐惧着，身边突然的加速度——
一曲唱罢满头新雪，而你，仍旧宠着我的喋
　　喋不休
"再讲一次吧，从满头新雪开始往回讲
我迷上这倒叙的爱，爱着你倒叙的一生"

病房

时间会在住院部24楼突然收窄
父亲的呼吸，时有阻碍
河床上不止横陈疾病
凶险啊，万物似乎要夺路而出
我从一本书里急急抽身
一个月了，那突然来到的漆黑
还在让我颤栗
城市也在楼下突然收窄
扑面而来的车流闪着白光
像一排排牙齿，而离去的车流
缓慢艰难，像一堆揉红了的眼睛

唉唉，上苍漫长的恩宠，时光的严厉催促
在我的惊慌中犬牙交错
恩宠
允许我路过别的人间
然后回到一个名字里，坐井观天
允许我友善，也允许自带小毒
这么多年了，我这块埋了很多人的地
还允许开天真的花
允许我不悲，让附近露珠哭去
允许我常笑，所有文字还跟着笑
允许我不务正业，爱上植物学里
最忧郁的一个科
在崩溃的中年之河里
允许我拥有落日
允许傲慢如初，允许继续无聊
悠然半生，仍然没有一个人
能让我恨得起来
早起何为
早起何为，扫地看花
用今天的扫帚扫昨天的地
用古人的扫帚，扫我无用的一生
用一个时辰，从翻开的书
扫出去，一直扫到海角天涯
它弹回来时，消失于无形
原来我无所持握，只是在低头看花——
清晨的花是诗人
黄昏的花是禅师

秋风里的刻度

白纸，刚出生的婴儿
总是会让我微微眯眼——
未经世间涂抹的事物
仿佛某种强烈的光线

而墓碑，不管立于衰草还是鲜花中
更像是一本书的封底
仿佛意犹未尽，但是无从阅读
唯一确信的是，一切发生的
都在白纸上同时写下
世间以它的尺度，丈量着他
他也以自己的尺度，丈量着世间
我们的肉体免于无用
万物何曾不朽，只是秋风里的刻度

我看到百年前，有人解甲归田
闭门多日，从心里掏出一个池塘
微澜恰到好处，淤泥恰到好处

他夜夜伏案，一生的山水
翻卷着，喘息着，挣扎着
心有不甘，但最终还是要收进一滴墨里

我看到几十年后，有后生从这里出发
翻过卧龙岗时，他意气风发
要用一手好字去挑衅天下

过张北镇

一生中，至少须两次过张北
一次你是帝王
马蹄搅乱了白云和黄沙
白云落在坝上，还原成羊群
黄沙落回河北，还原成村落
还要把大风，顺手系在那棵皂角树上
整个青春里，你都听到它的嘶鸣
另一次，你只是一个心碎的人
前面再美的草原也救不了你
你低着头，弯着腰
路也低着头，弯着腰
所有奔赴着的事物，只是强忍着
没有回头

题古香樟

四百岁的香樟还在开花，它带到空中的漩涡
我摸了一下，足足四百年那么深

浓荫里的院落，对面的山丘和小路
构成回旋的曲线，像人生，总在某处意外收窄

倒影里，另一个世纪，也有几位半老诗人谈笑
唯有江南，古今可以一片旖旎，几分斑驳

啊啊，我探出的身子，忘记回到多年后的此刻
而一行白鹭，守着我，也忘了上当年的青天

过何斯路村

把揉进眼睛里的砂子
暂时取出来，我要舒服地看看江南
看看通往 "诗经" 的水路，不识皇帝的野鹅

还山

年轻时，遇到喜欢的山
我会带着它到处行走，带一座山
去拜访另一座山，像带着长江去拜访黄河

黄河有时云游未归，唯有河床
山有时也不在，留下我们在山门探头探脑
我们无所谓的，游兴不减

如今，当年的路只好重走一遍
——把它们送回原处
中年辛苦，是有很多奇怪的债要还

无尽夏

在一个遥远的早晨，我醒来
借助发黄的报纸，一封信的局部
我重新走上那条沉闷的街
每个人都悲伤着，鸟儿从他们的胸膛飞走
再也不飞没回来，我就应该在那里
每个人都互相隔着铁丝网
在那无穷尽的夏天，我想偷偷渡过河去
一个人想代替电影里的所有人，去死
但是什么也没发生，多少年了
夏天还在，铁丝网还在，我的继续活着
让身边的一切显得多么荒谬

梅岭闻二胡曲

岭上多蛇，也有良木
蛇喜幽暗，树爱春风
活着时它们各有各的沉默
死后却要共同发出声音

把听到过的，日日复习
风的啜泣，落叶的翻身
人间的低声呼号

直拉到千曲百折，幽幽发光

多年之后，持琴人忽有所动
琴弓瞬间竟有倾山之重
月光下，一条江被他拉到空中
盘旋良久，才穿堂过户，不知所终

有风

真是好风啊，把我的头发吹白，再吹黑
把一群人吹走，又给我吹来一只茶碗

我在梅岭之上看江西
看到花花世界，被吹开一条缝

露出故国:它被吹得只剩一根骸骨
而且发出金属之声

古道的那一头，端坐一中年书生
风吹得他落叶纷飞，老泪纵横
姓氏只剩下偏旁，茫茫半生，已作云散

还好，给他留下彻夜抄就的经书
北风再起时，和他齐齐仰头，狮子怒吼

题新田村古榕树

忽然老了，也很好，清晨独坐
因为回忆而披头散发

左手扶着自己，右手牵一条小河
身影下全是上好的后生

烛火照亮的，是举着它的手
而他只做闪电，照亮无数空中的路

他赤着的脚就是故乡，故乡一直在下沉
他须每日掘地三尺

他也远行，只需想一下就到了对岸
想得越久，就走得越远，无人可以阻挡

他是自己的古井，日日淘洗
放下今日之桶，提上晋朝之水

想过的，不想过的，都成了生活
一个绝望的人，最终成了星星的巢穴

他想起谁，谁就在人群中惊醒，但无须回来
这多好，他有繁茂的独处，他甚至不需要一
　　个敌人

每至午夜，更老的银河必倾泻而下，这多好
四季轮回，不碍他久坐于上一个世界的落花中

天问（18首）

侯马

大学的被子

起初我非常满意
蒙头睡觉
后来棉套彻底溃乱了
板结成团
我请七个青春美少女
重缝了一下
其中一个
谴责吧，我的母亲
母亲粗糙的生活态度
早已传导给我
其实我更关注南方来的某君
他带来的被子城堡一样厚
整整四年

仅此一条
他天冷时盖
天暖时盖
酷热的夏夜
仍旧每晚盖
盖被子不是需要而是仪式
什么破几巴大学生活

杀羊

有一个颂经人
据信是他们
唯一能够传唱本民族史诗的人

他的苦恼在于
没有年轻人愿意学唱
这部数千句的经典了
他看上的小伙子
只是想娶他的女儿
小伙子兄弟俩
精通另一门民族绝技
他俩告诉颂经人
如果不答应婚事
就给他看一个下场
说罢
弟弟拽住了一只羊
羊使劲往后角力
脖子拉得很直
哥哥一挥刀
公羊立刻身首两处

布拉格的查理大桥

我入住布拉格的一家酒店
房间里的电视屏幕上
正播放美丽的布拉格风光
伏尔塔瓦河上
古老的查理大桥
我看了又看
看了很久
发现画面一动不动
忽然意识到
这是酒店的监控画面
是此刻的窗外的查理大桥
不会有任何多情的目光
能给它本尊增添一丝妩媚了
我在古老的欧洲腹地
充当了此夜的守桥人

某酒店走廊

我一眼就知此人是什么货色
他肯定不是强奸犯
我比恨强奸犯还恨他
他肯定不是抢劫犯
我比恨抢劫犯还恨他
当然他没有醉酒
醉鬼爱这个世界
当然他并非精神病
精神病需要亲人的拥抱
我告诉你他是什么人吧
他比普通人还要普通
但你一旦落入他的掌控
他就开始干拿人不当人的行径

长安

五年前我到西安
也住在伊沙家附近的桃园饭店

五年
谁会想到……

老G单位司机接我时提到的朝里有人的大官
竟也被抓了

那是我第一次参加长安诗歌节
诗人怎样生活比怎样创作更重要

小杨烧烤的半敞雅座
是王有尾喝多的地方

当时他宣布长安七君不比

并列第一

如今个个被订货搞得
水深火热

桃园干干净净的床单上
典四像一个高贵的新娘

上次我一件雪白的衬衫丢在这里了
离去后发觉时我的心情是丢在那儿挺好

上次我奔更高的高原这次我返北
我想起一个词其实不适合

过桃园楼下没有红灯的马路上台阶
伊沙、老G领我去同一个地方吃早点

呵，胡辣汤
我跟西北小学生一起喝我想了五年的胡辣汤

每天一碗胡辣汤
不辞长做长安人

亲情是什么
是岁月的一笔孳息
多年以后坐一起
感受到的竟然是
曾经非常熟悉
当年却毫无察觉
毫不在意的青春气息

人类之声

人类对待同胞的真实态度
在一些历史阶段看得很清楚

当他们放屁时
他们抬臂
伸食指和拇指
瞄准
嘴巴一动不动

崩
同胞应声倒地

更年期

老同学
更年期到了
怕热
在料峭晨风中
只穿一件T恤
我的老同学
有一位一直像一个少年
有一位总是笑意盈盈
有一位在凉风中肌肤温暖

夜火

修车的整日阴沉着脸
可能他并不坏
一个手工劳动者
一个小摊贩
能坏到哪儿呢

春节来临
城市空了

在一个寂静的夜晚
一把火
烧了他的修车棚

附近看大门的
压抑不住兴奋
他指着现场说
树差点也着了

过完正月
修车的回来了
犹犹豫豫好一阵子
新搭了一个修车棚
竟然
被城管勒令拆除了

原以为
修车的有靠山
看来没有

贝尔格莱德

据说它被毁灭过四十三次
重建过四十四次
但愿它是人类
享受持久和平的
最新一座城市
多瑙河畔的贝尔格莱德
当年市中心的林间长椅
有一对接吻男女的镜头传到中国
告诉我们南斯拉夫人漂亮
生活美好
林中空地上
一座纪念碑高耸

国合处的金发处长
翻译上面写的话
"我为祖国的自由独立牺牲了
看到活着的人怀念我
我感到很欣慰很高兴"
但是，我们指着那行字母说
它看上去很短
是的，美女处长回答
意思很深

罪与罚

《他手记》出版后
我很少翻开重读
也很少与读者谈论它
起初，我甚至认为它适宜
在我死后出版
但每年总有一个半个奖
降临到《他手记》名下
2015年的评奖季似乎静悄悄地度过去了
我在梦里突然得知
它又得了一个法制文学提名奖

天问

我能忆起我幼时就思考
如果有一天我被抓进牢里
我会不会惧怕
会不会屈服严刑拷打
我能不能在身体失去自由的时光里
获得内心的宁静
甚至赢得思想的自由

我不明白为何
在懵懂、天真的童年少年
我就思考此类问题
并进而把它作为
漫长人生的修行课程

到北京看病

有个远房亲戚
父母正常
孩子个矮
在当地治疗多年
无果
千里迢迢
来京看病
小矮子住在我家
眉头紧皱
闷闷不乐
门诊了一次
我就看到了
神奇的效果
他们在医院遇到了
另一个患儿
与他同岁
小矮子掩饰不住地笑着说
比我还矮

写作也在夜间进行

深夜
我从医院出来
听见值班的保安

正在对人倾诉
说他只能晚上出来
因为形象不好
唉
他竟然还叹了口气
我赶紧看了一眼
他的形象还真是
不好说

帮上没帮上

我的这位青年密友
才华不可遏止
得罪了庞然大物
一度危在旦夕
早几个月他就讲
要过来一趟
过了一阵他又讲
要过来一趟
我感到这个事很大
而且竟然
引而不发
后来
一段不可思议的经历
似乎使他度过难关
我总是能感到
那份犹存的惊悸
也很激赏
他似乎更有了
波涛后的开阔
我曾劝慰他
所谓庞然大物
好像并没有统一的意志
他大舅他二舅

不是一个舅
有时我沉思世事难测
造化弄人就会想
当时我这个忙
帮没帮上呢

端午节与儿子见面

儿子回国度第一个暑假
轻松愉快地谈起
今年北京的高考作文题
其中一道是以"荷"为题
写一首诗或抒情文字
他打算这么写——
小学五年级时
我们班老师指着一名女生
说她就是一朵荷
出淤泥而不染
然后指着我们说
你们
就是淤泥

故人

我们住一个宿舍
但是彼此并不讲话
他只是每天第一个起床
挨个打电话喊大伙起来踢球去

踢球主要去东单体育场
更近的地方是天安门广场
我们去过几次，说真的

捡球太痛苦了

突然有一天宿舍来了几个搜查的人
他因为出卖出境卡被抓了
说真的，异常还是有一点的
刚九十年代初，他就吃面包抹果酱

伸手

在夜色下的广场
我伸手一看
五指宛然
历历在目
在夜色下胡同里
在家里
哪怕熄灭每一盏灯
都是如此
真真切切
一根不少
怎么也找不到
伸手不见五指的感觉了
我经历了人类的两段历史
当年，我们经常伸出手
看五指被夜色喝干净
一边惊叹自身非凡
一边在一团漆黑中
灵敏赶路急急行军

维也纳铁匠

圣诞前夜
维也纳天寒地冻

我在广场看到两个白人青年
赤裸上身穿着皮裙
健壮的胳膊上下挥舞
他俩在打铁
飞溅的火花挑动夜空
他俩面前排着购物长队
我依稀记得
他们在打铁玫瑰
铁匠摊旁边
竟然是一个炸油饼摊
炸油饼的人不知去向
只有油饼守着油锅
远处市政厅大厦
虚掩的门漏出灯光
里面满满一屋子洋孩子
如果其中一个
长大后成了诗人
一定会写下这个夜晚——
门开了
门口站着一个东方人

巴东 九章（9首）

陈先发

神农溪峡口观燕

这峭壁危岩的燕子
与寻常巷陌的，有什么不同？
它们在空气中划下线条
一样的转瞬即逝

我并非刻意寻找不同
我知道那些线条消失
却并不涣散，正如我们所
失去的，在杳不可知的某处
也依然滚烫而完整

船行峡谷的两个多小时
我屹立船头一直看着它们

云深流缓，天平如镜
仿佛许多年过去了

燕子在混乱的线条中诉说
我们也在诉说，但彼此都
无力将这诉说
送入对方心里

如何传递从王谢堂前
到这引力波时代的失落
燕子徒然凌空来去
闪着一种失传金属的光泽

我想起深夜书架上那无尽的
名字，一个个

正因孤立无援
才又如此密集

在那些书中，燕子哭过吗
多年前我也曾
这样问过你
而哭声，曾塑造了我们

下坡的少年

早上六点多钟。两辆自行车
从柏油斜坡上冲了下来
初中生模样的
白衬衫少年
忽然空出一只手，从背包抽出
一根金黄色玉米
递到并行的女孩嘴边
她甩了甩头发
飞快地张开嘴
在玉米上狠狠咬了一口

我看见她猩红的舌头了。
我愿世间少女
都有一个
始于毫不设防
终于全无悔恨的舌头——
她会如此吗
我唯抱以深长的祝福

他们没有减速
自行车也没有铃声
我愿永远逆着光看你
正如此刻我一头撞入
在自行车后飞速撤退的

红花绿树的虚影中

与野夫张执浩等在沿渡河镇夜饮

把葡萄上的苍蝇赶走
把混在这碟黑豆中的
苍蝇赶走
没有谁能在替身中隐匿太久
包括我们，我们语言的替身
在这个喧哗的世代被
冠以诗人放浪的恶名——
把墙上这幅画中的
苍蝇赶走
显然它只是画师失神而
撒下的一滴墨伪装而成
把我记忆里
父亲死后更为明亮的脸色中
那只苍蝇赶走
把我们曾被迫吞下的
权力恐怖的苍蝇赶走
把报纸上正在分娩的
幼蝇也赶走
当酒力催动我体内荷尔蒙与
多巴胺去冲垮它与语言之间
隐秘的小坝
我知道诗动怒时是
一种生理现象
特定时刻它甚至只是
污秽和血腥的生理现象
但这首诗正大声否认这一切
好吧，永存此刻
当写诗只是驱蝇

在溪丘湾林场与友人闲谈所记

植物和女人对触觉有
神奇的记忆力——
一棵梨树在日记中
这样写道：
在我第一次开花那年
被一个青年僧侣冷漠的
头顶触碰了一下
不知为什么
情欲毛茸茸地爆发了
我牢牢记住了这个
灰色的背影
我把这个灰色背影从世间
风雨雷电悲欢离合的影像中
小心翼翼剔除出来
单独放在一个
坛子里
不允许任何人触碰他
这就是我的果实甘苦交加
味道如同秘境的来源。
而她，一个巴黎女画家
在另一本日记中写道：
"二十年了，一看到这名字
就记起他强韧的中指
我的身体会随之空掉
而且，要空掉很长一段时间"

每个水分子都陷入了将
相见与拒绝融为一体的
难以捉摸的游戏
我想，这巨大战场也应该有
巨大的碰撞声，但茫茫远距
终让我一无所闻

其实，紧贴耳畔的声音
我们也听不见
六月风吹花落。花瓣撞到青石板
轻轻弹起半寸
晚风抱着她犹如死后微温的
新娘
我长久地屏息闭目却
依然耳内空空

我想，为这两个声音
写首诗吧
我知道这只会令自己更为沮丧
仿佛只是为了拯救我
从石凳上起身的一刹
我看到伴我无声久坐
直视江面的是一双
眼窝深陷如墓穴的
巴东老瞎子的眼睛

重返无名坡

这两三里大堤沉闷又芜杂
只有斜坡上酢浆草
修剪得齐刷刷的
什么样的机械
来这里做无用功？
又像是下颚凶悍的野羚羊啃过

两江交汇

两江交汇的水域，一清一浊
界线如此分明仿佛
每个水分子中铁门都已关上
为了固守本来颜色

草茎断口的白浆

在日光下变硬、结痂。

零星墓碑

半截露出地面，我想起

父亲今年在地下五米

明年，或许将沉到六米——

这一段大堤地势

平缓、呆滞

又荒无人烟

整个视觉世界平庸如睡

我想假如我住此处

定要在堤上放置一个大坛子

像史蒂文斯所描绘的

让四周的景物朝着这只坛子

形成一种深邃的涌动

我这么想着走着

快到江水一个拐弯处

大堤上真的突兀而现

一座半人高的粗陶大坛子

一条恶龙在涌出坛口的

云彩中露出了鳞片

看样子这大坛

有几百年了吧

我背靠着它坐了很久

哦，原来我并非首次到达这里

原来我并非首次来到人间

巴东的桃子

在街头我见过一对卖桃母子

男孩低声说他从溃烂的桃上

看见了爸爸的脸

母亲怔了一下，随即一巴掌

抽在儿子脸上

男孩怒视着她并一字一顿地

重复着那句话

母亲巴掌雨点一样击打着儿子的

脑袋、耳根和肩膀

男孩寸步不让

最后母亲跪了下来

两个人抱着哭成一团

我能确定那个失踪父亲

就藏身于一个桃子

但我不能确定是否真的目睹过

这场景或仅仅只是相像过它

这筐鲜桃摆放整齐

在暮色中无人问津

今晚在巴东所见的

却全然不同

一对母子很快将桃子销售一空

母亲担着空筐

男孩一蹦一跳走在防洪堤上

晚餐中我也吃过两个桃子

但转眼就忘了

它的味道

我曾在一棵巨型桃树下寄居多年

乘铁驳船过江

我发现我高声说话时

会丧失美妙的嗅觉

而漫不经心时

许多始料不及的余响却

纷至沓来

比如此刻乘坐锈蚀的大铁驳船过江
我靠在舷窗闭目打盹
我听见四周的少女
都是液态的
我是块含混的巨石，而
巴东姑娘李晓银在流淌
我听到哗哗
跃出水面的鱼黑眼珠转动
她的椅子，曾摆在我们中间

在大面山崖顶俯瞰巫峡

借助山高，我们每一步踩在
巫峡上空飘过的白云上
但挫败感也由此而生：
我并不喜欢这浩翰群山低于
众人的鞋底
也不允许我袜子上破洞
高于秘藏着悬棺的岩洞
何况这座山很快将
抛弃我们
大概一个小时之后
——我最幸福的身体此刻在
远离着我的崖底
仍在当年游轮甲板上
面临两侧绝壁的巨大压迫
仰视着巫峡游魂般的浮云
我的家乡在大江下游
是这稀世的激流开始
缓缓下沉和淤积之地
是群山裂变成一片片悲苦的
丘陵之地
矮松遍地如哀歌
唯在那样的地形中

乡愁才会真正凝成
而此处
奇倔阻碍着醒悟的产生
恕我不能随你们一起
对着脚底一动不动的巫峡
声嘶力竭地大喊了
恕我离群小睡一会儿
在这寂静山楂树下
恕我真正的身体提前下山
我连这里异端般的
星空都不想看了
据说，峡上星斗
不像爆裂的钻石
而像垂下的鞭子

注

①巴东，县名，属湖北省恩施州辖。2016年6月，我与诗人野夫、李亚伟、张执浩、余怒、毛子、小引、沉河、魏天无、魏天真、刘波、川上、林东林、田禾、槐树、袁鲲等畅游巴东。

我们的父亲

父亲年过八旬
越来越像个孩子
几天前，妻子陪我回去看望他
给他买了冬衣，药品
红包是以他孙女的名义送的
祝福是以他儿媳的名义
我坐在父亲的床头与他闲聊
他耳朵有点背了
眼眶里不时沁出泪花
他已经孤单地活了十四年
而比孤单更让他感觉无所适从的
是我们祝他长命百岁
一遍，又一遍

就像我们每次端起酒杯时
父亲都要无奈地端起面前的白开水
"少喝点"，从他喉咙里滚过的呜咽
要过很久才会被我听见

怀抱鲜花的少女

怀抱鲜花的少女走在马路上
昨天我在心里赞美了她
今天这赞美还未消逝，我还在回味
怀抱，鲜花，和少女
这几个越用越稀缺的词
今天雾霾依旧深重

少女依然无名无姓
但怀抱温暖，鲜花灿烂
被赞美过的光阴像一把石镰
在沉沉暗夜里敲打着一块火石

最后一点力气
此时落日已被大地吸纳
晚风拉扯着
一旁跳荡的晾衣绳
绳子上挂着粘满了鱼鳞的棉衣
棉衣开始很重，后来很轻

蝼蚁之年

那边的山坳里人山人海
那些人挖土，挑土，夯土
红旗招展，从秋收之后
直到开春之日
我在山这边，水坑旁
我也挖土，夯土
我也在建一座水库
一只蚂蚁被我埋进了堤坝
我轻轻拍打它像我入睡之后
轻轻拍打过我的手不愿抽离
我经常坐在山顶上观望
熙攘的人群，我的父母也在其中
我已经六岁了，还不了解死亡
也不了解活着到底是为了什么

猪圈之歌

一群猪崽围着猪槽争食
总有一头悻悻的，另外
那头一副趾高气扬的样子
一群猪崽抬头望着半堵墙壁
阳光照着它们相似的嘴脸
你趴在墙头努力辨认它们的命运
腊月的气味在屋檐下盘旋
猪崽们挤在一起深情地嗅来嗅去

冬日速写

麦地尽头是一块菜地
菜地过去是一座池塘
池塘上方又是一块麦地
麦地尽头是一片橘园
橘子树上有几颗橘子
橘园下面有一片竹林
竹林深处是一户人家
家里的人都出门去了
门前的柳树和槐树在落叶
树杈高高举着鸟巢

腌鱼在滴水

腌鱼在滴水
在白色的冒着热气的阳光下
一排腌鱼都在滴水
水滴由快到慢
由清到浊
最后一滴从鱼眼深处滑下
经由鱼鳍，到达鱼尾
凝聚了一条鱼

雪后三天

雪后三天，还没有化完
太阳涨红着脸出现
在乱蓬蓬的地平线
公路两端，水牛和卡车相向
而行，它们将在桥头碰面
结过冰的河早晚都很平静
小儿摸着桥墩上的狮子头
老汉弯腰拔扯亡妻的坟上草
残雪不多不少
正好映亮了屋顶
东边的炊烟升起来了
西边的炊烟在竹林里袅绕着
一条狗站在路中间
侧耳听辨碗筷的声音

给未来人

张的秋和张见秋
是一对兄妹
如果哪天你见到他们
手牵手穿过人群
那是远方需要他们去安慰
而现在他们存活在我的脑海中
不与人类为伍
我曾无数次想象过他们
从人类尽头回来的样子
站在门口相互拍打后背上的草屑
在摁响门铃的那一刻
我也有过躲藏起来的冲动
我想象过没有我的未来
他们还在我阴暗的书房里来回徘徊

地窖

野菊花开了
昨天，我在野外看见了三朵
今天在地窖旁又见到一丛
我蹲在黑幽幽的洞口
伸出手，心不在焉地接着
父亲从地窖里递上来的红薯
每年的这个时候
地窖被打开
越过冬天的红薯将在春天里发芽
一些藤蔓慢慢往上爬
爬到高处的时候它们
和我一样感觉头昏眼花

冬天过去了

在我妻子的老家
门前有一棵高大的椿树
我曾爬到树上眺望香溪河
清浅的河水兀自欢跳
冬天过去了
人们挪到岸边讨论生活
我从树上站起来
环顾周围的群山
椿芽在眼前颤抖
对岸的炊烟融入了云朵
冬天过去了
从树下路过的人
总会将目光抬过头顶

春分十三行

我和我的老狗并排走
在正午的风中
像去年的这个时候
像昨天的这个时候
我们一前一后走在风中
像畜生一样走着
像人类一样走着
空洞的头顶上
去年的叶子在风中落下
今年的叶子在风中生长
我和我的老狗一直会走到墙根下
它撒尿的时候
我望着正在爬墙的茑萝

散步归来

暴走积攒了一些汗水
舍不得擦去
暴走后，云淡风也轻
你回到先前的位置
什么都没有改变
唯一发生变化的是
你体内的盾构机
终于熄灭了
喝水的时候你看见你
正坐在隧道里喝水
探头灯怔怔地照着
沁水的板岩石
它的上方正是你的座椅
它的下面坐着另外一个你

萨蒂的秋天（7首）

庞培

治多县夜空

我觉得我欠这里的夜晚一次旅行
不是今晚，不是早晨酒店醒来
去卫生间
想起外面草原
我的那次旅行，被迷失在时间、人生
尘世的深处。这个高海拔凌晨的
玉树州治多县仿佛浩瀚星辰中的
一双眼睛，看着我人生的整个黑暗
看见我来自哪里，曾经经历过什么，
各种命运。水池哗哗响的水声
黄河、长江、澜沧江在我头顶
等在酒店门外的，却是一次
错误的经历

我不该这个时候来，草原
在你最破败、凄惨的时辰
骑马的康巴藏民把马儿拴在了
带有铁丝网的围栏木桩上
西天取经路上的唐僧玄奘
被一辆高寒的油罐车吸引目光
清晨，正倾斜过车身缓缓转弯
山是蓝的，在一颗晨星的隘口
我不该作此瞭望。山谷上空，月亮拉开的窗帘
看到了县城街道
贫病交加的颜色
我划亮一根火柴，仔细辨认
我放下的行李中，没有一件
关于你的经文。唐蕃古道的治多县
美丽的通天河

醒来听肖邦

女主人的手势隆重、繁华
晚宴冰冷的灯光，通过塞纳河的袖口
梦幻轻轻地传递，痛苦悄声细语
恍若乡愁，想起故乡田野上
萧瑟的轻骑兵，用他肩头的刺刀
挑开晨曦中的街道
我们在节日的巴黎
白昼如十九世纪摊开的小说手稿
一名梦寐中的少女
正独自轻轻旋转，变成白色
孤零零的烛光
歌剧院燃烧，不肯轻易放弃的灵魂
需要金色的骨骼，向上的
递送，一节节伤口
需要舞台的黑幕蒙住小口啜泣
我的眼睛在听肖邦
在恒星的观众席上
冬天的白桦林
风"呜呜"地吹过
我曾经的才华和光亮
在另一个轮船码头，渡船
（涌上防波堤的一排浪在访书）
正把我陌生的生平运走
好像修道院后门的一筐煤
一集装箱工业用料
"我有点晕船……"一名晕船的
小个子苍白男人背后，清晨的
大海正翩然起舞

望天山

某一天，我是不是成了那个人

骑马伫立在山间
在天山深处我看不见我自己
一阵风让我勒住草原的缰绳

代表着人的肖像
在熠熠雪峰之下
群山的阴影覆盖了整个白昼

我骑马上
我是年轻的哈萨克牧民

看火车
（——为九岁的女儿而作）

火车穿过玉米地
我们停下来看火车
我们的自行车被丢在草丛
开始是整个山谷葱翠的寂静
火车撞开丛林和阳光
田坝颤动。似一名史前巨人
脸上挂着阴险的笑容
火车头出现，一把攥紧地面
绿色蒸汽机头跟后面长长、黑色的
车厢一眼望不到头
像你讶异的9岁
像树下的这个夏天
所有原野的气息瞬间点燃
浓烈苦涩的青草，田野收割一空的
玉米。暖甜的水稻地面
群山的倒影
火车像凉凉的山涧水流过
绿皮车厢的窗口出现另一个夏天
车轮喀嚓，好像亚洲小伙子
在一节节地咬甘蔗

吐出来回忆、被遗忘
更多的东西被丢下：你和我。我们
父亲和他9岁的女儿
低声交谈："……这是十九世纪最厉害的
发明。发明者是一个英国人。现在
一万人里面也未必有一人记得他了
斯蒂文森……"
　"那么长的车厢啊，数也数不清
像鸽子羽毛，狗尾巴草的头，西瓜的
叶子和汁；还有什么什么。太多了
我都不想数了。"
此刻群山如此端庄，赋予这列蠕动
火热的机器一种不老的年轻
连树上的鸣蝉都停止了嘶鸣
周围田坝上的村庄在盛夏酷暑的
树荫下被冻结
整个下午集体性地锈蚀
火车带来新的人生。远远地能够看见
闸口两侧行人车辆一动不动，原地仁立
长长的车身把脚步伸到
我们脚下的地面，探测
傍晚伟大的秦岭山脉
一对父女的心跳

抵达嵊山岛

这岛上没有一架钢琴
出海的渔船，有过音乐的企图
但绕经孤零零的海岬时
遭遇了大团乌云
太阳不似舞台追光
像剧院落成之前全岛散落的穹顶
每年的台风携带东京爱乐乐队，芝加哥交响
　乐团

或顶尖的已逝的卡拉扬
来到岛上，海洋
像停机坪上白色金属的舷梯
乘客过安检时
抓住发烫的乐谱纸……
轮船码头一片混乱。闪电、泪水、黑暗……
街道像起火的中世纪古堡
死去多年的亲人们
突然在白昼生还
曾经的海盗们，曾经的歌唱家
曾经的妓女，出落成如花似玉或小家碧玉
经历了海浪汹涌，每个人
临终时都憎恨他脸上的咸——
岛屿闪闪发亮
像一段授奖词，被三种以上洋流：
台湾暖流。黄海冷水团。长江径流裹挟
仿佛节日的舞台，被鲜花掌声簇拥
东面的悬崖，叫"满嘴头"……
我们到达时，灯塔
正在演奏莫扎特的长笛协奏曲
中间最平静的行板
我们全体和我个人……
一个人到了海上，很难分辨得清他和其他人
有何区别。此刻和往昔，夜与昼
生与死
肖邦。肖斯塔科耶维奇。契诃夫
冼星海。舒伯特。巴赫……
大海碧波荡漾
步入庄严演奏大厅
如梦如幻的回忆
似笑似哭的海浪
没有小提琴，没有竖琴。甚至
没有一把流落街头的二胡
萨蒂的秋天

在举过的火把的印迹里

在情人的叫喊似的峡谷
空气写下"秋天"两字
生命与生命，交换
珍贵的信物，恐惧

早晨，并非萨蒂本人
是萨蒂的钢琴曲出门
阳光的孤零零的泪水
在晨曦的眼眶里打转
秋天，我们全都心怀恐惧

我不能使这一天开始
我不能使新的一天结束
我走到窗前，似乎人类所有的屈辱努力
跟我一起醒来了！我明白，我在自己体内发
　　明了火……

我爬出万人坑。我跃上战马
我劳作在一团混浊深渊似的中原农村
我听的音乐比我更早绝望了
这是被停演的夏天！留大胡子
戴夹鼻眼镜的秋天来了——

（——1924年11月24日《停演》首演·萨蒂
的最后一部作品）

高速江阴北

大约二十年前，县城边上
有一片山脚下的树林
是过去枪决人犯处
我从边上走过，迟疑、慌张
因为那里极度的安静

进入茂密树丛，前方
空地阴森森。尽头
一座悬崖
地上的土坑深浅不一
连鸟儿也远远地躲开

在这里，我的散步
变得怯懦；身体
好像被灭口，被回忆掏空
我好奇的脚步，像猝不及防
射出的子弹，带来剧痛……

没过几年，南北两岸
建造长江大桥。工程队进驻
这片空地矗立起喧嚣的
水泥引桥。山体做了桥墩
昔日的刑场，已成高速公路入口

林中路

在一个早晨，树林起风

由于在室内
隔着阳台，我听不到风声

遗憾
我感到我已在林中漫步了很久

整晚
我的床是被我自己踩过的枯枝败叶
一阵风吹过我的所见

我是我自己的发光物
再也没有比一棵树更加柔软的拥抱更加结实

的期待了

没有一种黑暗
堪比树的黑暗

它们对自己所拥抱者
视而不见

树身有一种盲人式的安宁
清晨，这安宁显得明亮

十足充沛的安宁
迟疑片刻。终于明白

从树身上跌出一个个波浪
仿佛它们从前是海洋

一名水手在航行中所习得的
一名诗人在林中亦可收获

嘲笑鸟（10首）

周亚平

不干了

蛇
不干了！

她干的工作是
配合一个
嘴唇的表演

她配合
一个嘴唇
已经
很长时间

现在

要让她
配合
第二个嘴唇，她
不干了。

不屑照

不是每个人都能摆脱噩梦，有谁
总是拿自己的脸开刀？

我。那就试试
假如我瞎掉一只眼睛
这一只眼睛不流

泪了

它的形状产生了变化
颜色可能也有变

它被勾勒出来的部分提前
进入了死亡，但它

始终坚信
噩梦帮助它先于诗
而死。

古风

按照
传统的
想法
人生要
波澜壮阔
那就必须
要条船
必须
留胡须
必须
既有刀
又有剑
必须
自己当
船长
必须
白天杀了
小飞侠
晚上杀了
福尔摩斯

必须
枪打出头鸟

枪从哪里来？
枪从梦中来。

鼓楼西

什么叫浑浑噩噩？睡不好觉
就叫浑浑噩噩。我被

两件事纠缠。昨晚我见了老舍
他不是与我亲密的作家只因
李羊朵叫我看他的戏剧
我就去了鼓楼西剧场

他戏里的人物最后该哭还是
不该哭？是纠缠我的主因
老舍太絮叨了我主张那角儿
不仅要哭而且要有点
嚎啕的劲儿

我对一个人物命运的负责
也是对戏剧的负责。老舍死了
总得有人帮他汤事儿

另一件事是从剧场出来
汽车里的广播正扯什么防寒提示
冬天了又夜深似乎她不絮叨
就不行，但是女主播
把风道说成了阴道！

我为此睡不好觉，李羊朵
如此好心请我去看一个戏剧结果是

我不能像预先设想的那样
睡一个好觉。

新闻联播

不识北的小女友坐在高星一旁
没有一点历史感

高星长得一副格瓦拉的样子
头发又卷又长

不识北的小女友手举一把大勺子
不是遮住眼睛就是遮住鼻子

不识北说绿子的爷爷曾在战争中
礼让自己的战友先上洗手间
怎料洗手间瞬间被炸了

绿子说她爷爷今年九十了
特爱看我们单位的节目

每晚7:00，他总坐在电视机前
虽然听不到也看不见

绿子全名膀胱绿子
热爱爷爷就从膀胱开始

途经重庆

我从北京出发
去一个地方
途经了重庆

我去什么地方
我不告诉你
因为我去这个地方时
谁也没告诉
现在也不会写到诗里

我到重庆经停
往机场周围看了看
还是几个老词
诸如雾啊都的
我打了个哈欠便
睡掉了全部中转的时间

我重新登了机
发现北京至重庆的红和蓝没了
分别换了1个红和1个蓝
我有些失望
此刻的这俩空姐
没刚才的漂亮了
至少一个胸脯太大
一个屁股太小

我要小便
还是直辖市之间的积累
中转时又没解决
可红告诉我说
"里面有人"
里面是蓝在里面
我想作为飞机上的职工
蓝可以在里面
但不可以长长地在里面
而蓝偏偏长长地在了里面

又来了一黄的，男生
和红有说有笑
我也不太爽

他没着制服
应当不是机头的
也不是机尾的
凭什么他可以在这里有说有笑

蓝出来了
我说我要借道
红没有回答我
黄倒是严肃地瞥了我一眼
"去吧。"外地话
我一下子忽然明白了
黄，是情报局的

嘲笑鸟

当他遭遇鸭蛋
他知道
今天的运气
来了
这是诗歌的运气
也是爱的运气
或许还是
哲学的运气

地上有石灰
墙上有电线
床上，有俩
做爱的人

鸟儿飞过了
鸡，飞过了
飞船也飞过了
偏偏
留下了

一枚鸭蛋
而且是

煮熟的鸭蛋

跳舞

舞蹈被分离时
分离出了
两片嘴唇
两只手
两条长腿

两片又被分离
两只又被分离
两条又被分离
她无限的肉
仿佛美妙
跳出土

也跳过栏杆
向我们
跳过来
向皮
跳过来
向毛跳过来也跳过了

牛奶

禁与反禁

禁是指

禁欲主义
反禁是指
反禁欲主义

它们是一则
游戏中的兄弟
而非父子

生活剧院的女子
只为区分而引入了
自慰的手法

禁与反禁
都选择

一个动作撸到底

生命在宇宙中之屌

美国有个
农夫兼作家
叫怀特
怀特的妻子叫
凯瑟琳
怀特和凯瑟琳有个
自家农场
1933年
农场里已有
15头羊
112只新罕布什尔红母鸡
36只普利茅斯白岩母鸡
3只鹅
1条狗（爱犬弗雷德）
1只公猫

1头猪（和）
1只笼鼠
1985年
怀特去世
又过了30年了
不知怀特后人
及牲畜
安在？

按原计划做梦（12首）

俞心樵

日常生活

午梦的战场上我失去太多
下午三点，我重新夺回
孤独和无聊的特权

小院内，我在等一场雨
竹林在等一群鸟
山楂树在等着苹果落下

下午三点，张三时来运转
李四远走高飞，王二又丢掉了江山
上述三者，都已不是我的朋友

小院内，我观察着一群蚂蚁

搬家，进进出出，它们除了养活自己
还要养活凤凰、养活麒麟和龙子龙孙

下午三点，在任何事物的背面
我不想对任何人说任何人的坏话
万物都有耳朵，万物都有自尊心

小院内，无聊是一个伟大的开端
安静是孤独者的盛宴，不争，不杀生
在任何不起眼的地方，知音像乌云密布

下午三点，我通过树根了解浮云
通过锅碗瓢盆了解神的生活习惯
哦日常生活，我在等南方送来的荔枝

按原计划做梦

梦中梦，就这个梦
做到哪儿了？按原计划
你该站到我这一边了
站累了就坐，坐下就舒服了
坐累了就躺，躺下更舒服了
这个梦，按步骤，一点一点
我丝毫都不想改变你
你想躺下，你就躺下
我们也该好好休息一下了

这个梦，按原计划
按步骤，你该把我摇醒了
叮叮当当，像摇一棵摇钱树
像失业的女神摇着光棍
漫山遍野充满货币的幻觉
而我，不得不用半瓶醋
摇着一整个杂草丛生的厨房
不得不在流水中改写历史
把经济大萧条改写成诗歌的旺季

你和我换了人间

说好的雨，下到了宫殿里
说好的帆船，飘过菜市场
说好的荔枝，今天变成明天
而明天，说好的人，已是明日黄花

说好的革命，已经成了反革命
说好的国家，烂在了宰相肚里
说好的故乡，像万物那么遥远
一万八千里不烂之舌，已无话可说

但宫殿，在宫殿里干什么呢
但菜市场，在菜市场干什么呢
说好了的有借有还，哦，那么多
借来的革命，借来的天堂和地狱

好吧，那就请借一步说话吧
借来的万物，说好了，只说悄悄话
万物中的一物，说好了，以物易物
以心换心，悄悄地，你和我换了人间

梦：女人

我梦见你尾随着一个女人
走出飞机场，绕过码头
走进了一座深宅大院
对你而言，钱包内的诗意，比春天浓郁

两个小时后，这个女人走出来了
三个小时后，这个女人
又走进了另一座深宅大院
对你而言，尾随着这个女人，钱途无量

这个女人像一张纸不薄不厚
这个女人像一张纸是平的
这个女人像一张纸包住了一团火
这个女人，只有她的钱包是鼓鼓的

哎呀呀，多亏你没偷她的钱包
这个女人，很不简单
这个女人，太复杂了
这个女人，哎呀呀，我被惊醒了

区别

已经很久很久不踢球
连日来通宵达旦看球
有意思么？当然有意思

当然也没有什么大意思
也就是意思意思而已
反正不看球也睡不着

睡不着也不是因为忧国忧民
别误会啊，有时候忧国忧民
也是难免的，甚至是必须的

但如果，总是忧国忧民
甚至于，永远忧国忧民
哦卖嘎的，那还是人么

没错，有时候，我是人
是人，就难免有病，有病，就要吃药
吃药，就千万不要吃"永远"这种药

就像世界杯，就这么几天
看完也就完了，就忘球了
就忘我了，还想得起我吗？你想

很久很久以前，我在银河系踢球
你时常看到的流星
你不常看到的流星雨
就是我在那里踢来踢去

自从我来到人间，我只想踢他的屁股
一脚踢过去，踢到了他的脑袋
脑袋就脑袋吧，谁叫他的脑袋
和他的屁股，看上去也没有什么区别

回来

狗吠声，传来，坏人远去的消息
大狗小狗，只要是狗狗，都一样亲切
乡镇的倒影荡漾，复归于平静

记忆，像邻居家的蚊子
叮咬着邻居家弹琴的女孩
你家的蚊子，叮咬着磨剑的你

她与你的人生目标，几乎和狗一样
让好人好上加好，但好人已分道扬镳
让坏人不能坏到底，但坏人已众志成城

自从古老的乡镇迅速扩建成现代城
而且，主要以愚蠢作为建筑材料
古老的琴心剑胆，迅速地变成废铜烂铁

仅仅是蚊子的叮咬，不可能痛到心里
仅仅是狗的忠诚，也挽不回人的崩溃
一穷二白，在对爱情与抗争的表演中

又有人发了大财，又有人破产，而你们
回来了，带着琴艺与剑术，带着狗狗
远远地，看着城市，远远地，写诗

简单

天是怎么亮的
天就会怎么黑
天亮时有人在顺义背信
天黑时有人在怀柔行凶

太简单了，在人生的中途

你碰到一个简单的人
他挎着相机奔向厕所
满脸都是朝圣的表情

越来越简单了，搞艺术
已经搞死了不少人
写诗，诗没有人读
画画，画卖不出去

人是怎么生的
人就会怎么死
出生时你含着金钥匙卖萌
死去时你带走铁饭碗装蒜

敬天，或回忆

我的所需已经不多，我写的诗也不需要
太多的读者，有时候，只有你一个人读
我会很高兴，有时候，只有我自己读
点上了烟斗，慢慢读，我也很高兴

我对环境的要求也不高，包括舆论环境
脏乱差就脏乱差吧，雾霾就雾霾吧
用不着去挤公共汽车，宁愿一个人走
远一点，蓝，蓝天的蓝，天，蓝天的天

有时候，我认为迷信的人才是最美丽的
比如，在吃饱喝足之后，烧一炷香敬天
我对自己的要求不高，为了让天管着我
我认为听天由命靠天吃饭才是最美丽的

值得高兴的事情，当然包括对你的回忆
相机，手机，空调，纽扣，拉链，账单
哼着曲儿回忆，像树根对落花的回忆

抽着烟斗回忆，像码头对流水的回忆

朋友

雨后的下午
收到了朋友的诗集
朋友的诗，写得很一般
有的诗，甚至写得很糟糕
但这个朋友，是好朋友
这个朋友，你看他做人
神出鬼没，肉眼不可见
比你能够读到的诗都好
有些朋友，诗写得很不错
曾经是好朋友，已经不是了
这并不意味着，他们做人
就做得糟糕，无论好坏
都已经不是朋友了
如今我的朋友
多半都是不写诗的人
甚至，他们也不一定做人
我之所以这么久没去你家
是因为，你们全家都是人

又写错了

大海，就在身边，你懒得看一眼
就算你看了，也未必看得见
正如你看自己，通过放大镜
或显微镜，你该如何鉴定人类的

大小？深浅？你在自己身上考古
身体是苦海，心，沉到了底

这是结论吗？还不能下结论
这是诗吗？至少此诗，又写错了

夏至

夏至京城前庭
而国家的后园已是立秋
我被大户人家尊为上宾，内心仍然苍凉

最高的礼遇，遇到了麻烦，就在后园
他们家的独生女不让我走，不让走
也就罢了，为何张口就想把我独吞

少来这一套！瞧，最终我还是很正经的
去江湖上打听打听我是谁？叫我瓦全
啊呸，我就是传说中的宁为玉碎

请别在我身上做统一和独吞的梦
请像粉碎反革命集团一样粉碎我
一点一点，请把我分给小户人家

一男一女

避开了单线性，倾向于音乐的复调
先让我们从反面来看看事物的正面
从软的看硬的，钻石之所以值钱
是因为硬通货甚至通过了鬼门关

那么谁还想和谁谈什么呢？风水
在一切过硬的地方激荡起云和雨
物流公司的车队比当年镖局的马队
更壮观。谁精神抖擞谁就吃尽苦头

避开了极乐世界，倾向于高台的悲风
自从未来主义诞生，就不再有未来
同样，自由主义诞生，就牢狱遍地
既是伴侣，又是食材，这又从何说起

那么谁还能和谁谈什么呢？男女
那一男一女钻进丛林究竟干什么
这么晚了，那一男一女，不像什么好人
希望正在于此，那一男一女钻进了丛林

无处不在的大海（7首）

西渡

文昌石头公园

大海，在我的呼吸之上再加一口气，
大海，在我的泪水之中再加一粒盐。
大海，涌向天边的波澜，化作血液
在我的身体内沸腾，滚动，永不消失。

大海，你肮脏的苔藓爬满我去年的脸；
人间失落的信仰，刻满我全身的咒语。
大海，你烈日的寂静鞭打我的灵魂：
再见，野蛮的天空；再见，漫长的时日。

淇水湾之夜

七个人在天台上喝啤酒，后来又来了七个
天上的星星在薄雾中谈话，彼此交换着光
午夜过后来了第二阵雨，星星们领先退场
先来的七个和后来的七个继续喝着啤酒

海风吹着，他们谈话，有时候不谈话，
让沉默占领淇水湾越来越洪荒的空间
偶尔有崩落的词语斜飞，在海水里熄灭
"好大的流星雨"，某处的天空有人惊叹

从铜鼓岭远眺大海

海鸥骑着白色的书本会见大海
它的笔记停留在一连串的惊叹
从铜鼓岭远眺晦涩的博大辞典
以宇宙蓝为天头，以宇宙不蓝

为地脚。古老的月影锻造大海深渊
热带的爱情之夜摇撼水晶的宫殿
当黎明的拖拉机犁过漂浮的土地
游向大海的长发青年难掩酒色的心

鸥鸟的鸣叫永不疲倦

鸥鸟的鸣叫，永不疲倦的波光
删尽你一生中所有多余的时刻
唯一一颗高贵的头颅依然高昂
绝不承认那叫我们俯首的事物

跟随鸥鸟飞翔到鸿蒙的蔚蓝里
跟随波光跳跃在永动的浪峰上
这宇宙的女体永在分娩和更新
这女神永远在歌唱别离的欢欣

海洋之歌

黎明的大海，从你的亵衣上
撕掉最后一枚红色的纽扣，袒露
野性的身体和雪白的心意

午后的大海，我扔给你一枚
二十一世纪的铜币，旋转吧

我的灵魂，在浪涛间欢快地跳跃

黄昏的大海，你这野蛮的狮子
我的盲目觊觎过你荒凉的果实
我的双脚已登上你蔚蓝的台阶

夜晚的海滩，这最后的净土
当我向你发动一场突然的台风
咆哮着，你合上最后的怀抱

大海无处不在……

睡在半空的大海，站上树叶
跳舞的大海，向人群扔出
一阵阵木瓜雨的大海，椰树下
捂脸睡觉的大海，用吸管
从椰子里汲取歌声的大海

乌托邦的大海拍遍大理石栏杆
斧头帮的大海刚刚砍倒一阵
叛乱的风。哭泣的大海，撕碎
丝绸睡衣的大海，台风中亮出底牌
苦行僧的大海一辈子默默无语

没收了我的爱情和胰腺的大海
装上画框的大海，伸出闪亮的
银十字架，变成三千云朵的大海
狮子的大海缩小了痉挛的胃
卷入旗帜的大海拨转时代的风向

咬牙的大海，摔门而去的大海
绝壁上玩转体操的大海，大喊三声
永不回头的大海。梦中追上我的
大海，冲上大陆扬言报复的大海

无处不在，迎面掷向我鼻子的大海

鸥鹭

海偶尔走向陆地，折叠成一只海鸥。
陆地偶尔走向海，隐身于一艘船。
海和陆地面对面深入，经过雨和闪电。
在云里，海鸥度量；
在浪里，船测度。
安静的时候，海就停在你的指尖上
望向你。
海飞走，像一杯泼翻的水
把自己收回，当你偶尔动了心机。

海鸥收起翅膀，船收起帆。
潮起潮落，公子的白发长了，
美人的镜子瘦了。

一队队白袍的僧侣朝向日出。
一群群黑色的鲸鱼涌向日落。

一个人在火星上（7首）

路也

一个人在火星上

一个人独自居住在火星上
离地球五千万公里
飞船需飞行四年才能到达
一个人居住在火星上
与地球失联，自己跟自己聊天，跳迪斯科
每天遥望地平线和环形山
这些风景，使这里越看越像地球的表亲
一个人居住在火星上
为了求生，通过化学试验来制造水
种植的土豆长势良好
感谢在地球上念过的大学和专业
使自己成为火星上最伟大的植物学家
一个人居住在火星上

这四十五亿年来的第一人
成为这颗红色行星的最高酋长和独裁者
正将整个星球殖民
当想起欧洲、美洲、亚洲，像想起一些村落
感觉当选美国总统也算不了什么
一个人独自居住在火星上
必须启用新的历法
寻找一本火星版《圣经》来读
还会经常想起哥白尼
一个人居住在火星上
饮食起居，一天之中经历前世今生和来世
独自消受以光年计的孤独和幸福
一个人居住在火星上
偶尔设想，假如火星跟金星相撞
作为一个无辜的地球人
那一瞬应该抓住什么当作扶手
最终会被抛甩到哪个轨道
一个人居住在火星
遇到人类发射的太空船遥控车正在工作
会忽发奇想，朝地球扔一块石头，变成陨石
传达星际芳邻的信息
并收藏进航空航天局
一个人居住在火星上，天天胡思乱想
一个人就这样独自居住在火星上
对地球害着怀乡病
想念那边的亲人
期待有人用望远镜看到他
等着有人乘飞船来接他回家

望山

从新居窗口，拉开窗帘
就能望见山
它压在那里，那么镇静

南风不能使它

移动一寸

今年野花乱开时节

正是我最绝望之际

似乎一座大山

才有力气把我拴住

系在这尘世上

我每天出神地

遥望这座山

给它相面

看那起伏的山际线

背负整个天空的十字架

云停靠半空

一朵云提问，另一朵云回答

讨论永恒之事

巉岩探出悬崖

身姿充满决绝

山间岔路带着疑虑

伸进更陡峭处的松林

一些去秋的玉米秸秆

残存在田里

留下一个惨淡的结尾

野兔带着三瓣嘴

重出江湖

奔跑过草丛

留下怯怯的体温

鼹鼠押送生辰纲

经过田埂时

遭遇了蛇的埋伏

远处隐约有座小庙

并未住着我的神

我信的那一位

端坐在云霄之外

电缆在山坡上

日夜兼程

运送的全是

别人的信息

我常常呆呆地

趴在窗前

从日出望到日落

仿佛在读一部巨著

有的人今生和来世

都不会相见了

也不会有音讯传来

从此，我像这座山一样

哪儿都不去

绝交书一式两份

一份寄出，一份存底备忘

从此与一座山

相依为命

粗茶淡饭，布衣旧衫

连咳嗽和叹气

都得到崖壁的回音

从此权倾一座山

命运被一场大雪

一分为二

自封女王，用野菊加冕

我就这样每天

在窗口望山

天黑下来时，银河横亘峰巅之上

宇宙的门窗

竟有那么多碎玻璃

近处，星星刺痛

正冲着我头顶的那一颗

摇摇欲坠

致少年同窗

帝王之冢压着一座故都，既春秋又战国

两千五百年后，胶济线上的一个小站

淄河水里有韶乐之腔
坐在教室里，疑心脚下埋着青铜剑

墙外的麦苗在返青，墙内的青衿在发育
身体成为身体的叛徒，烦恼过于昂贵
女孩儿清脆，男孩儿沙哑
看在老天的分上，谁也不跟谁说话

黑板上种土豆，作文本里栽花，试卷中埋雷
影响人生观的公式定理将是
代数的合并同类项，几何的两点之间线段最短
前者用来交友，后者用于恋爱

屋前圆柏，屋后青杨，屋顶上澎湖湾绕梁
水塔扛着落日，瓦檐刺破晨曦
翻过东北角茅厕的砖墙，望见河滩和自由
一声长鸣，蒸汽机火车带来地平线、白日梦和远方

豆荚里有一个理想国，细草叶上有太阳
决心书装上了电池，小剂量的沮丧尤能唤醒欢乐
未来有始无终，将柏油路一直修建到脚后跟
一个盛大夏天把轻别离的少年送往何方

三十年过去，河东没有变成河西
如若聚首，从豆蔻模样推导不惑面容
谈谈春花秋月吧，何必在意功名的偏旁与部首
车票单程，命运没有带伞，唯愿天佑平安

海之南

在海之南，海水慵懒地围绕一座岛屿
一座把比基尼当制服的岛屿
它有一个好心境
它有珍珠、玳瑁和珊瑚

在海之南，在太阳最热爱的岛上
石头被晒至内核，露出真理
所有窗子都是百叶窗
里面有漫长的午后，住着谈情说爱的人
外面的天空是一阵狂喜

这是台风也加倍热爱的岛
上面有村庄、田地、河流、森林
有教堂、房屋、铁路、高速路
山峦伸出五指按在上面是为防止岛被刮走
鼹鼠忙于打通一条环岛隧道

在海之南的岛上，椰子树安家，果实高悬
砸中外乡人的脑袋
橡胶林为了减少伤口和包扎
打算干脆直接生长出轮胎和电缆

一定有巨大的蒸汽熨斗来来回回
掠过南太平洋上的这座岛
一定有从云朵里分解出来的自由
收容下所有失去故乡的人
火山口呆呆地望天，加了编号的灰烬和静寂
是来世上走了一遭到达尽头的样子

把自己想象成流放诗人，雪夜启程
孤身一人在一张宋朝地图上从齐州抵达琼州
车马劳顿，黄泥路旁盛开三角梅
把整个苍茫北方来安慰
找到定安郡，找到文笔峰，做落脚点

其实舟船车马早已换成波音，一架架孤独的飞机
一旦进入海岛云层，便误把自己当海豚
飞过海峡的时候，机身剧烈抖颤
那海峡用一场白日梦
把岛与大陆隔了开来

一架飞机掠过

一架飞机掠过山谷
它飞得过低，几乎擦着山，山的鼻尖吓出了冷汗

在谷里走着的人
抬头仰望，巨大轰鸣压过了内心的悲伤

这架飞机驮着几千里孤独
飞过这片有我的荒山野岭，去有爱的地方降落

油箱中大剂量的黑暗，发动机里万有引力的教诲
全都跟我身体内部相仿

如此低飞，像在认输，像在乞求
如此低飞，似出于多情，在寻找另一位钢铁做的爱侣
如此低飞，想必有一颗裂缝的心
如此低飞，很容易陷入遗忘和走神
如此低飞，一定发生了什么，一定有它的苦衷

低到能辨识出空客机型，以及邮票般的图案标识
一个个窗口那样谦虚
上面的人也看得见我，这个在谷底徘徊的
失魂落魄之人

它曾推动地平线，它勾画过城市天际线
天空中有属于它的道路
那道路跟地面道路一样，有阳关大道和羊肠小道，有上下坡
有坑坑洼洼，有拐弯，也有死胡同
不知此刻它在这荒山中，走的是哪种路线

这移动着的银色，纯粹，虚无，沉默，透明，晦涩
这移动着的银色，是形而上的，是未来主义的
这移动着的银色，带了弧度，是隐喻的颜色
这移动着的银色，仿佛虚构出来的

这移动着的银色，有别于山中一切：岩石、植被、走兽
它模拟飞禽，嗓音却泄密，肢体也太过僵硬
这移动着的银色，使山里气温降低了二至三度
这移动着的银色，把头顶上的天一分为二
这低低地移动着的银色，让人感觉上面有一个
永远不会将计划付诸行动
只是爱做白日梦的恐怖分子

一阵风被裹起，有念头，有犄角，有危险的呼吸
空气清凉，松脂浓重，山之褶皱层层舒展
白云千载，阳光大步流星
时间逍遥，时间没有台词，时间去往何方

这架飞机就这样轰隆隆、轰隆隆地掠过
这架飞机就这样轰轰隆隆地飞过去
我的悲伤由一条河流变成了一个漩涡
一座座山
如此镇定
而地球
越来越重了

古道

我在暮晚时分走上一条古道
山石铺成的小路窄窄长长
它藏匿山间，以蜿蜒之姿
匍匐了一千五百年
树和草把它掩映得清秀，时间把它磨砺出光芒

我在暮晚时分走上一条古道
上面走过草鞋、木屐、布鞋、胶鞋、塑料鞋、皮鞋、动物蹄爪
上面走过官府和民间
走过耕者、货郎、乡绅、太守、蚕娘、樵夫、邮差、商贾、将军
走过隐士、侠客、僧尼、赶考的书生、采药的良医

走过流浪汉和诗人
走过起义的、杀人越货的、隐姓埋名的
也走过私奔的男女，走过狐仙

我在暮晚时分走上了一条古道
它几乎已被废弃
人们都去了柏油路、高速路、铁路、航线
撇下跟不上时代的少数人依然慢吞吞地走在这条千年古道上
撇下一层层隔年枯叶随风哀叹
一群麻雀飞起又落下，自愿选择了落寞的生涯

我在暮晚时分走上这条古道
它有拐角，却无论如何拐不到公路上去
沿着它走下去，只能走进静默
沿着它走下去，连通故乡，连通相邻的另一个州府
连通着中国的史书

我在暮晚时分走在这样一条古道上
岁月这个包裹在失重，石缝里柏树籽散发灵魂的清香
当翻过一段陡坡
一轮巨大的落日抵挡在前额
崖壁上飞天造像已经模糊
衣袂却依然拂动青苔，拂动出一个春天

我在暮晚时分走在了这样一条古道上
脚步在路面轻叩出回家的声响
侧耳倾听，忽然感觉这条小路想开口说话
那么，它会用魏晋语气，大唐音色，北宋节奏
明万历口吻，清康乾声调
还是民国腔？

写给卡米尔·克洛岱尔

去他的，罗丹

跟人生达成妥协的男人
成了大师
命运圈套带着诅咒
把女人箍紧
两片国土接壤演变为
宗主与殖民
去他的，罗丹
以及罗丹的影子和气息
十五年，无限中的一个片断
日历计量着的也许是
某种不存在
卡米尔·克洛岱尔，你的爱
住在他之中
那爱映照出了你
性别和才华在打架，在摔跤
巴黎的天空全靠爱情支撑
而今没有了力气
那就索性让天空
塌下来吧
一个在别处也可寻得快乐的男人
别再让他劳你的大驾
他爱的女人已化整为零
分散在各个不同的女人身上
你作为大于整体的部分
别再让他劳你的大驾
十五年，使用的是正常人身上的疯子部分
爱情把爱情摧毁
重新在一起的方式
唯有分离
彻底删除才能永久保存
从相爱那刻即被抛弃
去意已决，才对得起那初次相认
卡米尔·克洛岱尔
要么百分之百，要么零
谁也不是谁的狱吏
靠进入大师作品而获永恒

是某些女人的愿望，并不是你的理想
如果可以的话
爬上巴黎圣母院钟楼，爬上艾菲尔铁塔
逃离罗丹
坐上马车，坐上汽车，坐上轮船，坐上飞机
逃离罗丹
你做你自己的方舟
逃离罗丹
此人不再是
你在这颗星球上找寻的
不再是
地图上的目的地
相距甚远地活着
爱泥巴甚过爱男人
亲爱的卡米尔·克罗岱尔
围攻的号角吹响了
孤身一人
对付所处时代
和湿冷的精神气候
心要横放，姿势保持僵硬
一旦柔软则全盘瓦解
抽掉脚下大地，那就抬头望天
并向上飞翔
那个玩泥巴的小女孩
独立于欧洲的空气，制造出自己的空气
一道自上而来的光
照在手上
斧子、凿子、雕刀使得
石头血肉四溅
渐渐浮现出
一个宇宙
亲爱的卡米尔·克罗岱尔
朗姆酒使你飞翔
高度易燃易爆物品
对人性平均分深表怀疑
把雕像砸碎或扔进塞纳河

没雕刻出来的远比已雕刻出来的部分更重要

不能在有形中找到的，就在无形中找到

生活不安全

房屋做掩体，仿佛外面正在空袭

以木板钉死窗户，跟人类不再往来

突破人的限度来寻求自由

飞越罗丹和罗丹们的头顶

直达蒙德菲尔格和沃克吕兹的疯人院

一个人类中的异族人

与上帝不再相连

四十余载，只差一疯

唯有一疯，方可抵掉

十五年相守

以两倍岁月来缄默

直接判决，不许上诉

赤手空拳，自己即雕像一座

一双看不见的手

将你雕塑成这般

挺立于石楠的荒野

墓前1943—NO.392字样，最终也被

推掉铲平

脚下一片虚无

弟弟从远方归来

看见苔藓和地衣的孤独

那个女疯子或女英雄

你在哪里？

当许多年以后

电影《卡米尔·克罗岱尔》

被翻译成汉语《罗丹的情人》

在不属于你的时代和国度

你又不甘心地

死了一次

只有坐着，才能暂时存放

我想站起来，走出门
走到任何地方。寻求庇护

但我始终坐着。我想
只有坐着，才能暂时存放

你们转脸，就能看见我
我只要站起来，走出门外

就会被空气溶解
就会消失。连名字都被遗忘

因此我坐着。可能片刻

也可能更多时间。谁知道呢

为了不再来

我又来了。为了不再来
终究有一天，我不会再来

譬如我老了，行动不便
譬如大地上多了一条断头路

生活中充满可能，生命
也一样。所以抓住机会

我又来了。在坟前祈祷
把头低到草丛和灰尘里

我在祈祷里安慰和挽留
我再也不会放松，甚至丢失

银屑及时止住了伤口的血

月亮是见证
月亮照着事故现场
照着古往今来的战场

月亮在现场
但月亮不说话
月亮不会到法庭

月亮有点忧愁
但不是同情弱者
也不是给法官鞠躬

即使月亮哭泣
也不会流下眼泪
银屑及时止住了伤口的血

月亮最后送到墓地
月亮只是照亮
墓碑和上面的文字

走上回家的路

我应该下地了
脱去鞋袜，赤脚深深踩进黄土

地气穿过整个身体。身体
就像一株蓖麻被风摇动

我应该下地了
很久以来，我没摸过锄头
没磨过镰刀，栽种的手艺忘了
我还忘了自己是农民的儿子

在耽搁的这段时间
我都干了什么？读报，读书
然后学会演讲。大庭广众之下
夸夸奇谈而不羞愧

直到今天，猛然觉得
应该下地了。地有些荒芜
但这没有关系。只要开始
除去杂草，丢弃瓦砾

松开土壤，然后播下种籽
然后吸着烟等待。等待起风
等待云在天边生成，聚集
逐渐沉重，直到雨落下来

这需要耐心。而等待
种子发芽，开花，结果
果实成熟。等待粮食归来
这更需要耐心。是的

等待的一生略显漫长
但漫长的一生才值得留恋
短暂像火光。漫长像道路
我该走上回家的路了

故乡

世上许多地方好于此地
可一年里总有几次,我
在异乡街头突然想起,驻足
朝这边张望,然后沉默不语

好像一棵树。但我不是树
所以在移走之后还能返回
寻找断根。多数已经腐烂
但总有少数存留而且生长

但它在春天曾经开放

这条石头过道并不完美
但它在春天曾经开放
通向花园和客厅

花园也不完美。草是野草
花是野花。无名的鸟雀
不知羞耻地清理着尾羽

我曾在当时经过花园
在寂静里遭遇芳香
并且听见自己的心跳

当然,客厅也不完美
没有天鹅绒和钢琴
木头桌椅显得笨拙厚重

但我们曾围坐四周
多次把牌摊在桌上
组合自己的命运

我们也曾滥饮无度
以古代诗人的名义
大呼小叫,吵醒荒凉

如今就要离开这里
我站在过道尽头想起
人不能踏进同一条河流

祈祷声里,溪水哗哗向前

这是一个要感恩的人
在溪边提炼雨水和阳光
然后用精华培育幼苗
他喜欢蝴蝶飞过来又飞过去

另一个是要复仇的人
在溪水另一边磨刀霍霍
天色逐渐变暗。他在暗里
试刀,割下自己的指头

一条溪水。世间
两种人物。可以肯定
他们心里都有佛。佛法都无边
祈祷声里,溪水哗哗向前

把枯枝败叶扫到时间背面

秋深了。北风上位
开始创作。这匠人精力惊人
从早到晚砍斫,割断和剔除
飞刀上下翻动,让人眼花缭乱

场面不免有些热闹
但实际上它性格悲观
在粗糙简单的减法算式中
山体日渐消瘦，树木接近简练

水分收缩，大地硬邦
田鼠和灰兔在门口踟蹰
乌鸦飞过，留下空旷的天空
大雁只写一行瘦金体书法

冬天来临之前，我
在短暂的不知所措之后
拿了一把扫帚。把尘土
把枯枝败叶扫到时间背面

就像春天就要来到

雪越下越大
但我想，不管多久
积得多么深厚
雪终会停歇
有时候，慢慢歇下
另一些时候，没有征兆
突然就停了。瞬间
天地之间一片静默

我想，不管多久
太阳终要普照大地
大多数时候，光芒
缓慢透出云层
个别时候，阳光突然
泻满大地。到处都是
白花花的雪水
就像春天就要来到

也许春天还会下雪
但那是另一场雪
另一回事。而此刻
我想的是这场雪
终有消融之时

直到第一场雪改变状态

虽然无法察觉，但车轮变缓了
办理一件事情花费双倍时间
因为迎着风，路上的时间也增加
很少看见孔雀开屏。很少见到
蚊蝇在母马缎子般的皮毛上滑过

冬天就是这样。开始的时候
往往倦怠。读书两页昏昏欲睡
直到第一场雪改变状态
到处都是冰凌。只有谨慎
才能通过连接春天的那段路面

刘红立

贴膜

他在给手机表面贴膜
贴一个十块钱
贴上之后，满街
隔着一层膜的嘈杂

贴膜的手，同时
贴出他亲手喷绘的
横竖招牌
"祖传贴膜"

唉，贵祖上
贴的什么膜
贴一次收入几何

基因遗传嘈杂么

可以抽空告诉联系方式吗
就用你刚贴好的手机打过去
问问祖传的是手艺，还是
从来撕不掉的一层隔膜

湿漉漉

湿漉漉的屋檐
湿漉漉的鼻息
湿漉漉臆想的耳垂
湿漉漉痒进了腮腺

笼子里的鹩哥
对着路过的油纸伞深情道
"你好""你好"
它以为，伞下的腰身
都如它熟悉的人一样含蓄

"我能用什么方式再看见你？
哪怕是侧面"
此刻，它的眼神
正欲远过无雨的小巷

一首湿漉漉的小诗
在一个男人湿漉漉的互殴中，独居
湿漉漉的空气
在枯涩

箱子

拉杆拽在手里，箱子
四处张望游走
箱子摁进箱子，出租车
穿梭在灯红酒绿
链接密封的箱子，地铁
驶往通向阳光的出口

箱子，自从与轮子结缘
目标就总是快速滑过自己
放进一件日用品
就放大一个故事
即使一张湿纸巾，也是故事
潮湿的主角之一
塞满了的主角们缄默无语

他们只是用轮子
转动多变的想法
尽管这座城市
早已做不动产登记
所有的想法，都是
这个固态大箱子欲望的回音
稀疏
或是猛然一惊

早班飞机

一群睡眼惺忪的星星
躺倒在疲惫的大地

黑夜上升，深渊中
地球不停颤动

整个世界响起同样的呼噜
而梦，各不相同

浓云，一层一层掀开又闭拢
任自虐的血色缓慢浸染

打开灵魂的天窗
所有的窥探躲避不及

早行人降落
苦苦守候的心依然悬在天上

二月的地铁

二月的地铁

本该在第14站下车
那些迫不及待的私信
不停地发
终点
一束蓝色妖姬
无法返回的
倒春寒
捧在自己手里

围住青稞酒桶，踢踏
醉态碎步
响鼻
山谷空鸣

九寨水
蓝色基调
男人以
秋的庄重
彩绘女人春梦

我想携九寨水出走

在灵魂的高度
我与苍鹰周旋
谋划以一姿优雅的俯冲
携妖娆出走

树正寨磨房
水的眩晕
九个寨子锅庄舞步
磨成雾的欲望

捉住萤火虫溅跳水珠
打捞星月
清辉荡碎嘴边的鱼饵
沁润一丝凉意

一尾鱼，吐泡
远山顶上跳动
从水里看见自己
蔚蓝，艳丽
天巧笑，靓了风幡

山倾倒在海子中
一树杜鹃潜泳
迟来的风
鸳鸯水面追逐
画眉声声

五花藏马

黑夜颂辞（17首）

潘洗尘

父爱

女儿越来越大
老爸越来越老

面对这满世界的流氓
有没有哪家整形医院
可以把我这副老骨头
整成钢的

——哪怕就一只拳头

辩护

童年的乡野　广袤的夜空与
无遮拦的大地
要为云辩护为风辩护
面对无时不在的饥饿
还要为贫困
辩护

穿越城市宽敞的大道
要为乡下泥泞的小路辩护
在命运的曲曲折折里屡挫屡战
必须学会为可怜的自尊
辩护

偶尔有根袭扰心头
要为爱辩护
与蝇营狗苟和小肚鸡肠擦肩
还要为胸怀与胸襟
辩护

讨厌这个世界的混杂
就要为简单而直接的抒写辩护
而对着满目欺世盗名的黑
就不能不为破釜沉舟的白
辩护

只有在真理面前
我会放弃为谬误辩护
就像面对即将到来的末日审判
我绝不会为今天
辩护

父亲的电话

我离家四十年
父亲只打过一次电话
那天我在丽江
电话突然响了
"是洗尘吗？我没事了！"
还没等我反应过来
父亲就挂断了

这一天
是2008年的5月12日
我知道
父亲分不清云南和四川
但在他的眼里
只要我平安

天下就是太平的

有关劳动

打小就受村里人影响
认为只有犁地、放羊、赶车、拾肥
才是劳动

知识分子不管干什么
都与劳动无关
写诗就更不是

所以　在我们乡下
你就算写出一个诺贝尔奖来
也还是一个懒汉

词与词

整整一天
被两个词反复折磨

山重水复
已走了半生
还从未遭遇
柳暗花明
难道真的是要走到
山穷水尽
才能绝处逢生

看来　要让一个词
对另一个词以身相许
远没人来得那么容易

黑夜颂辞

这无边的暗夜
遮蔽了太阳底下
所有不真实的色彩
连虚伪也
睡着了

这是我一直爱着的黑夜
我在此劳作与思念
拼命地吸烟却
不影响或危及任何人
我闭上眼睛
就能像摸到自己的肋骨一样
一节一节地数清
我和这个世界之间
所有的账目

寂静的龃咬之后
天已破晓
我会再一次对这个世界
说出我内心的感谢
然后不踏实地
睡去

致女儿——

从8岁到13岁
你把一个原本我
并不留恋的世界
那么清晰而美好地
镶嵌进我的
眼镜框里

尽管过往的镜片上
仍有胆汁留下的碱渍
但你轻轻的一张口
就替这个世界还清了
所有对我的
欠账

从此　我的内心有了笑容
那从钢铁上长出的青草
软软的　暖暖的
此刻我正在熟睡的孩子啊
你听到了吗

自从遇见你
我竟然忘了
这个世界上
还有别的——
亲人

对一些劳动及其成果的认定

我不赞美插秧
更不会赞美收割
我只赞美这些水稻
它们用自己
每一季的生死
喂养劳动者
和他们的子孙

还有更多的劳动
不值得赞美
比如人类给自己造房子
给自己织布
但房子和布匹

应该得到赞美
制造枪炮也是一种劳动
但这种劳动
连成果也不值得赞美
不论它们带来正义
还是非正义

但我赞美诗人的写作
尽管很多时候
诗人也制造垃圾
但那不是他们劳动的目的
再蹩脚的诗人
也想写出
伟大的诗篇

黄昏的一生

黄昏来时
远处的风很大
院子里被吹落的杏花
在兴奋地散步
偶尔有车从门前经过
越来越亮的尾灯
渐渐淹没了扬尘

黄昏的脚步
走得很慢
像一个了无牵挂的
绝症病人
它要把自己
一步一步地挪进
更黑的黑暗

一定有很多人

都看见了这个黄昏
但只有我
看清了它的一生
并能在另一个黄昏到来前
说出它
心中的遗憾

太阳升起时并不知道我的沮丧

天亮了
树看见了落叶
风看到了尘土
一些人去打卡
一些人去乞讨
一些人盯着另一些人
在看

剧本是重复的
我面带菜色忧心忡忡
看上去像个坏人
光天化日下的舞台
不适合我
我去睡了

太阳下山时我将醒来
你们没得及带走的道具
会被夜色淹没
患有被迫害恐惧症的
植物和动物
正和我一起做深呼吸
我听清了它们的交谈
但并不想转述给人类

黑夜如此静谧而庄重

好事的风在收集善良的呼吸
或邪恶的鼾声
我只是负责把它们各归其档
这看上去是一项毫无意义的工作
我却乐此不疲

不知不觉中
天又亮了
太阳升起时
并不知道我的沮丧

我要飞得更低

老友野夫曾受邀一位
叫章子怡的漂亮女孩
共进晚餐
多日后在老友的朋友圈
看见一张合影
朋友们都拿此事调侃
野夫一脸严肃：
　"我要飞得更低！"

平生最讨厌的事

平生最讨厌三件事
第一是撒谎
来自亲人的谎言可能
另有隐情
谎言如果来自朋友
务必断交
而情人撒谎
则无需原谅

平生讨厌的第二件事
是来电话有事没事先问一句
　"你在哪儿"
我们已经活得像一块
案板上的肉了
可不可以不再让自己
动不动就要亲口说出
我在哪儿
尤其大多时候的这个
　"你在哪儿"
仅仅是打电话的人
没事找事的说辞

平生还讨厌
席间一些与诗无涉的人
嚼着大鱼大肉的嘴一张：
　"诗人给大家来首诗吧"
情绪好时我会沉默
情绪不好时就掀翻桌子
扬长而去

深夜祈祷文

深夜里的这个瞬间
让我再一次抵达了一天中
最明媚的时刻
为什么人或什么事
我刚刚放声痛哭过
感谢这深深的夜
把自由、天意和福祉
带给一个内心灰暗而
深情的人

我不会为在明天的阳光或
暴雨中再遇到什么人或
什么样的命运而
浪费一分一秒
此刻　我每多写下一个字
这宝贵的黑夜都可能被
黎明删除
我要深深地　深深地闭上
什么也看不见的眼睛
哪怕用废自己的身心
也要为每一个善良或
不善良的人
再做一次
祈祷：

我看见了妈妈肺部的肿瘤
正渐渐缩小

这是什么样的恩泽啊我将
用刀刻在心上
为此我祈求上天：
也迟一点给那些坏人报应吧
我这带病之身愿意死上千次万次
也要帮他们在遭报应前
一个个都变好

疯写

我们50多了
要疯写。说这话的
是总能让我感觉到声音
和文字，都呼啸而至的诗人
伊沙

是的。50多年
我记忆里的
风。和体内的雪
早已厚如我躬身时露出的
苍山的一角。风雪堆积出的
前半生。也该倾倒了

于是。我疯写
不是因为去日
疯和写。就像我体内的
风与雪。淹没来路
和归途。

写在英国"脱欧"公投日

大不列颠及北爱尔兰联合王国
今天宣布脱离欧洲
我就想看看英伦三岛
能不能变成三只远洋巨轮
驶出英吉利海峡

脱吧　脱吧
趁日不落帝国的太阳还没落下
大家都脱个干净
苏格兰要脱
北爱尔兰要脱
我也该脱了

但我除了衣服
就只能脱人
所以　我在心里只投了一票
就以绝对压倒的优势
宣布成功脱离了
人类

恐惧

像一只独自亢奋的蝙蝠
在火中飞舞　我一次次地试验
抽走这些药片
我看见自己的意志
始终在黑夜与白昼的屋檐上穿行
而身体像一部就要散架的战车
敢不敢再坚持一分钟！

而一分钟后我将看见什么
自己的碎片？

我是越来越担心
我们已骗不了母亲
她就要悟到
自己的病情了

2016.8.28

预防性谎言

最近与母亲聊天
总是有意无意说到
现在的医学发展得真快
我的某个同学
连癌症都治好了

有时　我也会和母亲说
人总是会死的
外公不到50岁就去世了
就算他能活到80岁
现在也早已不在了

甚至有一次
我还和母亲说
凡是能走在儿女前面的老人
都是有福的
世上还有很多不幸的父母
是白发人送黑发人

花莲之夜（15首）

沈浩波

花莲之夜

寂静的
海风吹拂的夜晚
宽阔
无人的马路
一只蜗牛
缓慢地爬行
一辆摩托车开来
在它的呼啸中
仍能听到
嘎嘣
一声

新长出的脸

他们死在
太平洋里的这座孤岛上
死在
这群年轻的台湾人脸上
从那些已经死去的
山东人、湖南人、江苏人、河南人……
紧紧聚集的尸骨上
升起新的
苍白、湿润的脸
像一颗颗
精致的星星

关于永恒

火车向前奔跑
此刻时间也在奔跑啊
它与我们的奔跑是垂直
还是平行？
有着怎样的交叉？
有没有喊停的警察？

它比我们快还是比我们慢
它撞上我们
会不会出现车祸？
谁来测量时间奔跑的速度？
谁在更高的天空中
举着秒表？

此刻河流也在奔跑啊
鸟儿也在空气中奔跑
谁都没有终点
当我们试图停止

时间兴致勃勃

喊我们跟上

此刻耶稣已经跑回了马槽

蚯蚓已经跑回了泥土

蝴蝶已经跑回了庄子

连老子骑的那头牛

都已经跑回了河南

滴血的石榴花

我想在她背上刺一朵滴血的石榴

为什么是一朵石榴而不是两朵、三朵、更多朵滴血的石榴

我想在她的背上刺很多朵滴血的石榴

每一朵都像真正的石榴花那么大正在怒放的滴血的石榴

要花多长时间才能刺一朵滴血的石榴

要花多少年才能让她洁白的后背像锦缎般布满滴血的石榴

如果触碰到臀部的弧线我还要不要往下刺滴血的石榴

如果碰到微微隆起的乳房边缘我还要不要蔓延滴血的石榴

要不要在骨骼深处种下滴血的石榴

不，我只想在她后背上如同在波光粼粼的大海里

刺滴血的石榴

密密麻麻的滴血的石榴

怒放的滴血的石榴

没有树枝可栖的滴血的石榴

没有绿叶掩映的滴血的石榴

永不凋谢的滴血的石榴

结不出果实的滴血的石榴

她的背是血一样的海

岳父的遗像

最近搬了新家
我又想起
岳父他老人家的遗像
就问妻子
你把老头儿的遗像搁哪儿了？
妻子说
哎，就在里面
我走进卧室隔断的里侧
在妻子的梳妆台上
看到了岳父的遗像
微笑着，慈眉善目
像个好脾气的老头儿
照片总是能遮蔽真相
我突然觉得
放这儿也挺合适
老头儿的遗像
安静地待在妻子的梳妆台上
取代了镜子

.

都是狗屁

一直想写一首诗
名字就叫"都是狗屁"
想写这首诗是因为
"都是狗屁"是我这么多年来
在心里说得最多的一句话
看着电视上那些
巴拉巴拉说话的人
我在心里想：都是狗屁
看着微博和微信上
那些巴拉巴拉的说话的人
我也会在心里想：都是狗屁

看着生活中
那些巴拉巴拉说话的人
我还是觉得：都是狗屁
甚至当我自己在巴拉巴拉说话时
心里的那张嘴也条件反射似的说：
都是狗屁
这句话我本想永远憋在心里
以此表明我对这个世界的善意
今天把这句话说出来
因为我对这个世界
有更大的善意

盲道

我见过无数条盲道
在大街上
在火车站的月台上
但我从来没有见过
盲人走在盲道上
仿佛这个世界
并不存在盲人
我们为一种想象中的人类
塑造了一条
使他们显现并存在的道路
他们却从不出现
但如果仔细倾听
还是能听到
笃笃笃的声音
那是隐身在黑暗世界的盲人
用他们的盲杖
徒劳地叩击
光明的门扉

不好意思

我不想和他见面
但又觉得不好意思
最后还是见了面
不但见了面
还请他吃了饭
我不想和他聊天
刚聊几句
就觉得无聊透顶
想赶紧闪人
但又不好意思
闪得太快
只好硬着头皮
拼命陪他聊
吃了一个小时的饭
聊了一个小时的天
这才不好意思地开口说：
要开会，先走了
他一脸遗憾
令我更加不好意思
鬼使神差地说：
要不，咱们周六再聚一次
好好聊聊？

诗人和警察

侯马是个诗人
侯马不仅仅是个诗人
侯马是个警察
诗人侯马
在首都北京
当一名职位颇高的警察
这就是全国各地

那些写诗的人
都在向我打听
诗人侯马联系方式
的原因

北京下了禁烟令

不让我在咖啡馆抽烟
我就到马路上抽
不让我在马路上抽烟
我就站在大海边的礁石上孤独地对着太平洋抽
不让我在任何一个国家抽
我就到公海上抽
像一个输急了的赌徒想在公海的赌船上再搏一把
不让我在海平面抽
我就到海底的珊瑚礁抽
红珊瑚安静地吸着我的二手烟
不让我在地球抽
我就到月亮上抽
烟卷像一门迫击炮
对准冷清的人间
我到太阳上抽
我自己变成了一支烟
让太阳抽我
我体内有永恒的焦油
太阳朝地球喷吐彩虹般的烟圈
啊，整个地球
烟气取代了空气
再也不需要抽烟
再也没有人抽烟
寂静的地球
所有人都沉醉在烟气中
只有我的打火机
发出了金属撞击的

咔咔声

十字路口

左边有一个亮着的红灯
右边有一个亮着的红灯
前面有一个不亮的红灯和绿灯
后面有一个不亮的红灯和绿灯

十字路口因此被照耀成了
一个广场
一幅拼图
一堆积木
一桌凌乱的麻将

有65辆自行车
车头向右
有32辆自行车
车头向左
它们都像瘦骨嶙峋的马

有100个人
像木偶
有另外100个人
在行走
有一个穿越红灯的人
像冲上舞台的小丑

有10000辆汽车
像有毒的蘑菇
开放在4条道路上

有一个天空
像输光金币的赌徒

有一片暮色
像一只巨大的蟾蜍

姐妹

她家的小母猫怀孕了
不知道是谁的种
可能是那只半夜跳进院子的黑猫
也可能不是
她不知道该如何给一只猫接生
有点心慌意乱
母猫生下了4只小猫
她觉得自己像当了奶奶
紧接着，她发现自己也怀孕了
她当然知道是谁的种
在电话里问他"要不要?"
她看着原本像她女儿的母猫
现在她们更像一对姐妹
第二天她去人民医院做无痛人流
回到家浑身无力
还得给刚刚当上妈妈的母猫喂食
现在她们又不像一对姐妹了

厕所惊魂

坐在厕所的马桶上
准备伸手拿纸
飞机突然像癫痫病人发了狂
猛烈的震荡令我几乎
坐不稳马桶
我的第一反应是
坏了，万一此时空难

我的裤子还没拉上
光着屁股
太难看了
我艰难地控制住手臂
机器人般
硬挺着向左前方伸展
去拿纸
飞机晃得太厉害了
好不容易扯下纸
像从地雷群中找到一条生路
还得尽快伸到屁股底下
赶紧擦完
提上裤子
系好皮带
只有这样，无论我去到天堂
还是下到地狱
才能干干净净、衣冠整齐
保持活着时的尊严

我们一起向厕所走去

我和厕所之间
缓慢行走着
一位拄拐的老人
我走得飞快
皮鞋踩得地砖踏踏响
他走得缓慢
我越来越接近他
仿佛今天的我
在追赶
明天的我
即将赶上他的一瞬
我停了下来
跟着他

缓慢

挪移的脚步

今天的我

终于还是没忍心

越过明天的我

木匠

裸露着

上身的木匠

正在奋力用刨子

刨一段木头

一朵朵刨花

像浪花般涌起

轻柔，卷曲

散发着木头的清香

他在木头上游泳

伸出双臂

又收回

自深深处（8首）

巫昂

对地窖说

土豆、萝卜和白菜都摆好了
隆冬到来时，我们会来取的
关好地窖的门
不让它漏一丝光
一月之后
它会变得温暖
所有关在里面的东西都活了起来
有家，有争吵，有装糊涂
我心里有那么多土豆、萝卜和白菜
没有一个地窖放得下

忘性大的人

早起刷牙，仰头叉腰
你穿着薄薄的秋裤低头洗脸
自你出现后，时间失去了边界
院子一角的竹子迟迟没能冻死
我蹑手蹑脚像个松鼠
噢，松鼠也没有那么蓬松的尾巴
我们一起读一本书
你抱怨我读得太快
走得太快，做任何事都像狂风暴雨
忘性大的人急于求成
遗忘是一颗又一颗冰珠子
在嘴里，在胃里
过低的温度让你通体透明

那条冻了大半的河里，全是这样的珠子
一半在污泥里
一半在融化中

自深深处

我知道已经再无机会
一个又一个的暂居者
因为困顿、恐惧出现在这里
当然了，姑且不谈了吧
穿着你的T恤
带着负疚与难过
今天我路过一条空荡荡的街道
路边有两个年轻人在接吻
这让我想到了你
那种为了爱
一次又一次出现在火灾现场的当事人
相比之下
我是一摊随时可能蒸发的水渍
水从天上来
还要回到天上去

在这个房子里

傍晚六点半
抬头看窗外
天空是幽暗的蓝
邻居家的楼是深重的黑蓝
窗户有浅白的轮廓
比起我在那么那么多地方住过的
那么些房子
这个最大、最空，最难将息

而我内在的无名火无家可归
得去烧掉一片林子
让整个人工湖沸腾
路过的人无家可归
戴个帽子管什么用
一边走路一边喘气管什么用
睡着的人无家可归
去过天堂的人无家可归
冻死的鸟无家可归

我的一个朋友他消失了

我的一个朋友他消失了
我感觉这样下去谁都会把他忘掉
消失在某年月日
这个巨大的冰箱何尝为谁调节温度
广东，零下二十度
天津，零下二十度
北京，零下二十度
我的朋友他一定身在冰箱的一角
站着或者坐着，零下二十度
柳树发芽，这是假象
风是人工操纵的
这个孩子，他发呆的时候
看着也就二十七八
没有人找得到冰箱的插座
也许它依靠想象中的电网
在这绵羊浮岛
每个岛民皆有兄弟姐妹
他们以为把衣服缝合在一起就脱不下来了
不对，把衣服缝在一起
你也飞不到天上去
我的朋友他没有翅膀
他躺在一个黑黑的屋子里

回味自己曾经听到过的笑话

紧箍咒

一大早，我开车去往野外
都没有睡醒
但大自然不嫌弃睡眼惺忪的小动物
我在不同的村子里转来转去
想找个新的住处
跟鹅啊鸡啊混居
漂亮的丑陋的房东
管他们呢
给地方就行
租金越便宜越好
房东也是一副刚刚睡醒的模样
他们脸上需要两记闪亮的耳光
门前没有树的房子
我决不考虑

预告片

我预告了你即将离去
要有一系列的布置
安排，我提前说了再见
把自己关在电脑跟前
我把你关到了WORD里
用每个词每个句子当作镣铐
你终将无助地看着我
以黑白的样貌存在
这样的坟地我修造无数
胜过一战和二战

自画像（三）

我和22岁的自己相遇
她穿着浅蓝牛仔裤，白色夹克和一件高领浅
　紫的线衣
她站在地铁列车里，行将打开的门
　"下一站，军事博物馆站。"
她脸上没有堪称希望的东西
她总是皱着眉头
军博门前空旷的广场
也没有她要等的任何人
她的出现像是长安街修到了尽头

深渊是否在注视着你（4首）

春树

夜半三更看邮件

你所忘记的事情
并不是没有发生
更没有完全过去
你看了这些邮件
终于搞明白了你们为什么最终分道扬镳
消失在对方的世界
在半夜你看完邮件
叹息了几下
隔空点上了一个句号
这不是战争纪念碑
更不是倒下去的尸骸
那是两颗灵魂的真实坦露
多年之后你才明白

就让她离开

深渊是否在注视着你

突然明白了
也许他/她不是讨厌你
他/她只是讨厌你做的事情
那里有你

桃心蒙古斑

馅饼的屁股上有好大一块蒙古斑
医生说这是有亚洲血统的孩子的标志
有一天我妈兴奋地把我叫过来
"快看！这是一颗心
还是你弟先发现的
我天天给他换尿布都没发现"
好大一颗心
他屁股上印着一颗
桃心蒙古斑

这不是截句

中文太你妈博大精深
比如我看到一个网友（同时也是一个诗人）
在朋友圈里发
我爱过你
他的意思是
他爱过
并且现在不爱了
博大精深的还有：
言尽于此，请好自为之
要不是还记得是什么事
这句话就如同一句警句
可以指向任何一个方向

小寒记事（12首）

轩辕轼轲

小寒记事

谁家大办丧事
一连三天
不仅请来了戏班子
还让一支唢呐队
围着小区迤逦而行
在寒风中
反复吹一支曲子
听得次数多了
我都会哼哼了
今天在电梯里
有个穿校服的学生
突然间哼了起来
旁边的大人拍了他一下

他连忙停住
吐了一下舌头

小年一瞥

牛头就站在马路牙子上
眼睁睁看着自己身上割下来的肉
被人一包包拎走

快雪时停帖

尽管气象局反复声明
大雪和窦娥无关
但大雪还是反复
下在窦娥身上

孟郊过年

慈母手中线
是孟郊身上衣

他妈只要攥着线头一扯一扯
他就衣衫褴褛地回家了

路转粉

潘安出行
最怕遇到路转粉
扔来的水果
每次都把他的爱车
砸成了一座超市

嬴政出行
最怕遇到粉转路
扔来的大铁椎
每次都把他的副车
砸成了一堆齑粉

雁过也

每当春天
穿着大雁的人字拖
走到北方
我仰起的脸
总被它
踩上几道屐痕

猪蹄梦

横山镇的小李
去表哥家做客
第二天表哥发现他
左手腕鲜血直流
连忙打了110
被摇醒了的小李
扫一扫面前的民警
说自己有家族梦游史
真的不想自杀
只是在梦里
啃到了猪蹄

金门菜刀

当年金门炮战
单打双不打
二十年的光景
就扔下五十万发炮弹
现在金门的铁匠铺
单打双也打
整天叮叮当当

把免费扔来的弹皮
打成一把把菜刀
让大陆游客买回去

养弹皮

上帝的炮台上
有一位老炮儿
每天凌晨
他都要把一枚硕大的鸟弹
对准人间打出去
爆炸之后
就会在空中散成无数只小鸟
有的穿过玻璃溅到阳台上
阳台上的人
就会把这片炮弹皮
放进笼子里
养起来

猩猩危机

把生物链竖起来
猩猩才发现头上不仅有天
还有几十亿人类
为了尽快成人
他们不断朝上攀援
爬上一阵子
身上的毛褪掉了
再爬上一阵子
身上长出了树叶裙
又爬上一阵子
可以直立行走了

爬得最快的那几个
手刚一松开链条
就掉了下去
他们发出的惊呼
也从最美人声
跌进了猿啼

乌鸦放飞人类

上半场
人类放飞乌鸦
耗时五千年

下半场
乌鸦放飞人类
也是五千年

唯一不确定因素
是中场休息
人类和乌鸦交换队服后
羽毛太紧了

下半场会有很多人类
在空中撑破翅膀
跌向大地

伤停补时
无法预计

孟郊的困惑

他和李白之间

只隔着一道围墙
去拆时才发现
他和围墙之间
还隔着好多首李白

静静的发生（9首）

蒋一谈

今天

今天有风
今天的风很大
今天的风不是从昨天吹来的
因为昨天没有风
今天的风会吹给明天吗？
我想会的，我看见明天的裙子已做好准备

我看见一个东方男人
走过去又退回来
站在窗前细细端详

他的肩膀斜了一下，接着
右腿微微向上抬了一下
仿佛想骑上去飞回故乡

仙鹤

纽约中餐馆的窗玻璃上
画有一只彩色仙鹤

她的悲伤

你我她，各有各的悲伤
她的悲伤有点不一样：

她的悲伤是一只被驯化的鸟
只需使个眼神
便会展翅落下来

雪说

雪落下来的时候
风也来了

雪对风说：
风，请你走吧
你是不需要家的
而我需要一个家

风笑了笑
跑远了

雪落下了
雪落下

一个方法

当你感觉心跳
明显加快的时候

你可以用大拇指的指甲尖
压紧小拇指的指肚上端

这样你就会好受些

这样你就可以继续
想他或者恨他

静静的发生

蚂蚁搬家
搬到了天上

蚊子带着琐事飞行
嗡嗡嗡嗡

松鼠藏起尾巴
变成了古代的硕鼠

天上的云睡累了
飘下来散步

慢慢摇曳的柳条
浑身都是腰

梦的残骸
染黑了眼睛的口袋

暴风雨前的寂静
是最酷的寂静啊

饮食男女
正在等待下面的事情

慢慢走

我现在喜欢慢慢走
能走多慢就走多慢

但不是原地踏步
也不是倒着走

我看不见我的步伐
我也不想看见

我慢慢走
其实只是为了：

打捞之前曾经忘记的
忘记之前曾经记住的

第一次

一只蝴蝶，很吃力地飞
它受伤了？或许是太苍老了

它撞到一棵树，坠落下来
我想跑过去接住，可是失败了

它躺在草丛里，一动不动
离我的手指只有一厘米远

我捧起蝴蝶，这是我童年时代
第一次近距离地面对死亡

我的心里没有多少悲伤
只是有些遗憾

如果我接住了蝴蝶，就能
把我的一部分生命传递给它

我当时是这样想的
我现在也是这样想的

冬天的丈夫

大雪没有停下的想法
丈夫的衣服还挂在外面
她哄睡了孩子走出屋门

她摔了一跤，爬起来
她再次摔了一跤，这一次
她顺势坐在了雪里

透过雪，她看见丈夫的衣服
上衣和裤子，硬邦邦、直挺挺的
像两具断开的尸体

她颤抖着站起身，慢慢走过去
用力扯，轻轻扯，用力扯，轻轻扯
她抱着丈夫，踉踉跄跄返回屋里

她把炉火的温度调到最高
衣服上的冰雪在一点一点消融
她的丈夫在慢慢苏醒

啊……啊……她捂住脸
不让指缝里的哭声跑出来

西西里组诗（6首）

胡赳赳

西西里丘陵

我想躺在那一片丘陵
两山间的阔地
睡在柔软的野草田中
任身躯隐而不现
我想耕于这一面坡地
循着前人的劳作痕迹
修缮一座久旷的木屋
与隐士为伴
我想天晴时视察葡萄的糖份
天雨时又欣喜甘橘的浇灌
我想云层变幻的当口
召唤牧羊的小马回家

野鸟

它们扇动翅膀
它们飞翔
它们在山丘之上
逾越起伏的草木、农地
不知名的野花开放着
杂草也开放
农田阡陌纵横、起伏如旗帜
天上的低云快速移动
云层透亮，更多的云越过山岭
它们两只，日常地云游
有时一致
有时拉开距离
最终越过大巴车的篷顶

没人知道它们的命运

一只手拎着塑料袋
也许是垃圾
也许是食品
黄色的几经屠戮的深浅建筑依旧挺拔

巴勒莫日出

是的，老虎的金黄
无分日日夜夜
拜占庭的决斗
海盗的方向
大剧院的腐败
浮云一点过太虚
日隐于夜
水在地中有万丈雄兵
这日出人类共有
可见者无非自见
柏拉图的劝说无效
理想没有国
心中没有疆界
这阳焰配得上万物为它梵唱

在拉古萨挽救一只蜜蜂未果

上午的生命是健全的
最适合幽会的对象是大自然
其次是拉古萨的古代乡村庭院
有猫滑过，桑葚跌落
西西里的泪痕溅出水波
爱，万物中的空气
仁慈得像一场旧梦
纵身跃入的不是深渊
而是浅浅的泳池
树影倒悬于涟漪
蓝天以此为镜
高墙绿林中有幽微的意识
蜜蜂颂完《古兰经》
又颂《旧约》
水中有几片枯叶，几只昆虫的尸体
一只蜜蜂被水打翻
纤细的腿在空中划
义人游拢
义人推出波涛送蜜蜂上岸
然而波涛将蜜蜂吞没
此时是平静的
庄园没发生过任何变故

阿格利真托的老者

一条艰难的美丽之路
遥望神庙
零星的路人预示着衰亡
小黄伞在黄色建筑中穿行
蔚蓝地中海把蓝色酿成深沉
老人挂杖歇于深巷
橱窗的现代用品与他无关
站起时背已佝偻
花白的发须如野生仙人掌
激情已消逝，光线变幻
一个父亲挪动着自己

火山灰

在陶尔米纳一个地下车库
搭乘电梯出来
在露台转首，霍然看见火山
——平头、头顶有轻烟
如温和的巨人
事实的确如此
火山灰缓释
缓流而缓凝
成为肥沃的矿物层积土
它生长一枚樱桃
乌红、多肉而甘甜
我吸吮它如同呼吸火山灰
在咀嚼中地火把我吞噬
因此有一瞬间我不属于自己的同类

你睡觉时，你是床的（12首）

唐果

节奏感

节奏感是在鸟嘴与树皮碰撞之后
发现的

树是空心树
鸟是实诚鸟

它一下　又一下
以为自己的嘴是个锤子

你睡觉时，你是床的

你睡觉时，你是床的
你吃早餐时，你是馒头和豆浆的
你步行时，你是马路的
你坐上地铁
你是火车司机的

你上班时，你是电脑的
你喝下午茶时，你是玻璃杯的
你吃晚饭时，你是大饭桌的
你饭后散步时
你是身边那张喋喋不休的嘴唇的

你看电视时，你是肥皂剧的

你与人争执时，你是唾沫的
你准备哭泣时，你是眼泪的
你偷偷哭泣
你是酒精和马桶的

蜜蜂耳环

一天中，她暗暗地
扇了自己九记耳光
右三记
左三记
有三记打偏了
打在耳朵上

魔鬼

魔鬼
你什么时候打盹

你　打个盹吧
我想取走你
脖子上的虎牙

我想把它献给
最最可爱的人

无人

当我的眼睛
被纱布蒙住的时候

我希望
鼻子替我观看

当我的口鼻
被谁捂住的时候
我希望
耳朵替我呼吸

当我的耳朵
被开山炮震得失聪
我希望
所有的毛孔替我去听

当我的牙齿
痛得不能咀嚼
嗓子红肿
不能吞咽食物和水
我希望
它们通过十指
顺利抵达肠胃

当我的双腿
被现实捆住
我希望
长发带着我飞行

当我想
亲吻你额头的时候
我希望你每天经过的
那棵树上的叶子
去替我完成

卡通图案的被套

每次拆洗印有卡通图案的被套
我就特别羡慕它
它的出口在腰上
像女人剖腹，产下孩子

每次当我像医生一样
打开它的腹部
手伸进去掏出棉絮
"天呐，它的孩子出生了"

当我把经太阳暴晒的被套收回
塞进白色的棉絮
像医生缝合一样拉上拉链
"天呐，母亲收回了她的孩子"

小鸟与水果

枝桠间的鸟巢
是干透的果实
小鸟在树枝跳跃
像患上多动症的水果

毛发是猕猴桃身上的
红色的血液
是火龙果身上的
滴溜溜乱转的眼睛
是菠萝身上的
灵巧的双脚
是榴梿身上的

小鸟和水果一样
有被摘取的命运

人们摘取高处的水果
需要借助竹竿
而对付会动的水果
猎枪比弹弓管用

一件内衣

我在找一件内衣
一件黑色的
内衣中的内衣

可我找不到它
我猜，它在和别的衣物
捉迷藏

它躲得如此巧妙
以至，我拿空衣橱
都没能找到它

鱼在水里

有一条鱼
它站在水里
停止一切运动
我们猜："它死了"

从它鼓突的眼睛
我们还猜测
它是上吊死的

至于要命的绳索
当是那几缕
斜斜插进水里的
光线

突然

突然，我想写这首诗
突然，空中掉下一片叶子
突然，成片的绿色倾倒
突然，蜻蜓自头顶掠过
突然，墙角的大黑伞自己打开了
突然，小区的河面漂满泡沫
突然，花猫蹿上窗台
突然，孩子在夜里大哭
突然，浓郁的香味飘进房间
突然，我拥紧棉被

突然，我踩到大蜗牛
突然，毛衣被荆棘钩住
突然，松果无声地从树上落下
突然，我就看到一条明亮的小溪
突然，天就亮了
突然，邻居家的汽车发动了
突然，我的眼里蓄满泪水
突然，有人打进电话
突然，我撞到墙角
摸着受伤的额头
突然，我就笑了："哈哈哈哈"

我站在山顶……

我站在山顶
遥望陇川坝的风景
蚂蚁一样行走的人中
没有你

我站在佛塔前面祈祷
那耀眼的光芒
笼罩我
却不能笼罩你

我品尝户撒过手米线
手心当碗
手指碰触嘴唇
那手指却不是你的嘴唇

刚刚好

太好啦，下雨啦
天转冷了
我大前天置下的冬衣
终于派上用场

要是下点雪就更好
橱窗里
那个有帽子的棉袄
模特已穿了两月

如果天空飘起雪花
我穿上它
踩着雪，刚刚好

一条河蹚过我的身体（14首）

草人儿

我在等待

这些年
我写呼吸写骨骼写肌肤写血液
我不写乳房
因为它
左边装满了美酒
右边装满了情欲
依然充满了诱惑

在西宁

我还喜欢什么

在这高原的小城
夜色弥漫
清风凛冽
树叶摇啊摇
我喜欢手拉着手路过格桑花
手拉着手经过森森梅朵
喜欢这被海拔一点一点抬高的欢乐

占卜

此刻我需要
把青稞藏进身体里
把酿酒的秘方藏进身体里

把玛卡的种子遍撒全身
让羚羊和马匹的足音击响身体的骨骼
双手过顶
像一个女巫
身披夜晚
我要用天时占卜地利
用地利占卜人和

一条河蹚过我的身体

火车从南向北
河水从西向东
一条河蹚过我的身体

一条河蹚过我的身体
是一件旧布裙沾湿的江南雨
是一张旧砂纸打磨的新情结

一条河蹚过我的身体
要么泥沙俱下
要么清澈见底

在塔尔寺转经

塔尔寺天蓝云白
八座白塔一字排开
尘世便划在了另一边

爱大于天

父母老了
两个快八十岁的老人
要在今年秋天
从西北回到东北
在祖坟的旁边挖一块墓地
等着百年之后安葬自己

父亲是支援大西北的老大学生
他把我年轻貌美的母亲带到了大西北
他把我的四姐妹带到了大西北
他把他自己的热血洒在了大西北

老了
父亲和母亲要回到大海边的古城
我知道
这是落叶归根

母亲说墓先留一块活砖也叫活口
先走的人骨灰由老伴送进去
后走的人请女婿送进去
四个女儿
胆子小

四个女儿胆子小
我的老父老母要自己给自己挖一座坟墓

乌兰布图草原

蝴蝶兰、红头萝、狼毒花、蓝刺头、狼尾花
迎着日头的草原
野花遍地

蝴蝶兰挂满清晨的露水
红头萝用一点红支撑在天地间
狼毒花用毛绒绒的小白球包裹着一张小红嘴
遍地叫不出名字的野花
红的白的黄的盛开在乌兰布图草原

蹦跳的蚂蚱
飞舞的蝴蝶
跑过白桦林的小松鼠
在乌兰布图草原
我认出了我和娜夜姐姐的童年

我们扣过的蚂蚱还在蹦
我们网过的蝴蝶还在飞
我们拔过的青草还在长
我们打过的草籽落满地
我们在大水泡子里捞过的蝌蚪还在游

乌兰布图草原
我和姐姐的大草原

草原空荡

草原空荡
几座蒙古包散落在蓝天白云下
几个圆满的句号
似乎在说
离大地最近的是草
离草最近的是牛羊
离牛羊最近的是神

高原给我的奖励

把黄种人的皮肤
裸露给蓝天
太阳便从我的身体里取出了黑
我用漂白过的心
靠近一群吃草的羊

在德令哈
海拔每升高一点
我与太阳的距离便近一点
近到我最初的样子
手提奶桶
皮肤黝黑
脸蛋上挂着两坨高原红
两坨高原红——两朵红花
奖励我在人间的辛劳

修行

正午
太阳火红
白云的阴影落向大地
草原上一块墨绿的小台布
把一块石头摆放在了正中间

天地间
一块石头那么小那么小
一只鹰飞过
它静卧在草原上
大雨过后
彩云横跨过它的身体
它安静如初

一块石头
在静默的草原上
是我能领悟的一种修行

接过插满鲜花的背篓

一个男人和一个女人
行走在两座翠绿的大山之间
一条小路很窄
只容得下两个背影
漫山遍野的花开得灿烂
脚下的小石子
有一种宽容的温暖

一束阳光照射着大山之间的缝隙
女人始终跟着男人
因为她相信
他会接过她背后插满鲜花的背篓

红尘里的爱

土墙已经有些坍塌
一截土墙　仅仅一小截
墙头上还有一些草
如一截立起来的大地
厚重还在，敦实还在

在塔尔寺转经的路上
经幡在风中飘动
一位红衣僧人缓步而行
诵经的声音飘过土墙
飘向我

我安静地站立着
这一截土墙
就是我心里向佛请求的
红尘里的爱

女儿

先是一个卵子
然后是一个女儿
我取出身体的一部分
在一个报纸包裹的春天

我在跟女儿说话
我在跟我身体的一部分说话
我在拥抱女儿
我在紧紧地拥抱自己

我同这个世界对话的方式
是一个十五岁女孩的模样
叛逆，倔强，不妥协
天真，幼稚，不哭泣

我取出身体的一部分
在这惨淡的人世上支持我　爱我
我爱着……

一张白纸

这些白纸锋利，平展
划伤了我的手指
但我依然爱它们

它们用宽阔而洁白的身体
容忍了我一生的懦弱、矫情、诳语
容忍了我太多无力的眼泪和揉搓

我在它们的肉体上书写文字
也在它们微弱的呼吸间动用过真情
我勾勒刻画的山川河水
也曾用一滴血的热量渲染过内心

一张白纸清脆
这声音是一个深冬大雪覆盖大地
一声鸟鸣撞击空气的清和冷
这清冷像极了某个朝代的后宫
一个妃子一生失宠的孤独和傲气

黄昏的亲兵（10首）

蒋涛

安全岛

一对中年夫妇过马路
一对中年男女过马路更准确
男人怀抱两箱苹果
两箱更准确
看指示灯还是红的
就过马路
站在安全岛里
这边是没车
对面车道有很多车
中年人抱着纸箱
很多车堵住了
中年人从车间继续闯红灯
走过马路

纸箱被奔来的马掀翻
一堆纸盒子
掉了一地
纸盒里滚出了
圆形的
纸盒子

奔向德胜门并且路过它

看了从伦敦来的男人
就是从伦敦来的男人
打一辆北京的的士
司机撞一下我胳膊

来一支吗
我说
不吸烟但你可以吸
前面是一辆白色新款卡宴
司机撞一下我胳膊
咱俩开上它去工体
我说
好

玉兰花

玉兰花皮干了
我路过篮球场
一个小个子在投篮
那条弧线明显指向篮板外
我不由得"噫"了一声
然后赶紧转回头
直视前方
走掉

钵钵菜

下午两点多
优逸美食城
钵钵菜档口里的厨师
拥出来吃堆成小山的
十几个钵钵菜工作餐
那年我在吉首
请一个年轻记者
吃了几个钵钵菜
三十多块
之后去了凤凰的乡下

这里的小孩用盛产的生姜
扔来扔去玩
在电影外景地的民居里
我看到这个钵钵菜的故乡
一个三四岁男孩
端着一碗开水泡饭
白嘴吃

天赐情缘

KTV
在我心里还叫夜总会
伫立在深夜
车辆稀少的主干道边
80后的客人90后的小妹
成为这里的主人
别人的孩子长大了
连这里也要继承
清场后
来时被车撞坏的防护栏
工人正在安装新的
被防护栏撞瘪的小车
不见了踪影
80后的司机
你喝多了
90后的交警
也不见了

环境好一点的

白洋淀青年陈富
在昌平当书商

他喜欢去KTV
喜欢在里面看手机
不唱歌
不泡妹子
而且要去环境好一点的
也就是比最烂最便宜的
楼下是舞厅楼上是简易房的
KTV环境好一点的
决不是以前的"天上人间""花都"
或者现在的"8号公馆"
那么环境好
看着他薄薄的钱包和
脖子上廉价的链子
我知道他有一个
环境好一点的愿景
他今天说他是一个右派
我也就当那又是他
一个愿景

为什么跟踪的人越来越没耐心

私人侦探
跟踪男子
受其妻委托
怀疑有第三者
私人侦探
起早贪黑
紧跟男子
发现一个秘密
原来他爱大自然
他在抚摸每一个物品
让侦探烦躁

A与井

朋友圈通讯录里
有一大群姓A的人
把名字前加个A
想让人先看到他
还有一群名字只是符号
甚至是空白的人
多数是少女
想让人找不到她

小桥流水

如果我在小桥上
遇见一个人
那人一定叫王有尾
戴不戴眼镜另说
穿古装是一定的
他来自小桥那边的村庄
踱过小桥也不是去赶考
他的学问远近闻名
甚至小桥的名字
也是他书写
如果王有尾
真站在小桥上
那小桥下
一定没有水

黄昏的亲兵

黄昏带着亲兵
在城中巡视

看看楼

看看墙

看看树杈

看看等车的人

黄昏的亲兵

挡住了黑夜的行刺

让黄昏安全离开

我身体里的金属（6首）

王妃

我身体里的金属

我是说，我身体里的金属
不是你们身体里
都有的、那些看不见的
微量元素
它是生活中的铁分子、铜分子
或者不知名的合金
打造成的
圆形、T形、V形、Y形
及链条状的
拴马桩。锚。
它带着制度的使命
借用我的身体
控制我，和我的男人

控制野马的狂奔、行舟的摇荡
让它们乖乖呆在祖国的马厩和港湾里
这些金属
深深扎在我的肉里
精准的侦测
像党安插在国统区的"钉子"
每一声马嘶，每一次潮汐上涌
它就刺痛我，告诫我
要做一个无限忠诚的人
我每天带着它
奔走
像一部听话的机器

今夜我们相逢

他晚归，说倦了的时候
儿子还没有认出我来
嗯，也许他不只是针对我
婚姻这个镣铐
谁又甘心做一个永久的囚徒？
和别的女人喝酒，调情，
说暧昧的段子，
借着酒劲相互抚摸……
我已经很久没有打开电视机了
这些剧情我烂熟于心
如果你愿意看到
我也会是个出色的演员
和你喝酒，调情，
说暧昧的话，借着酒劲
相互抚摸伤口……
摇晃着手指。啊，
酒真TMD是个好东西啊
这儿，那儿……现在都不疼了！
酒不醉人人自醉
相逢何必曾相识？
来吧，亲爱的
让我现在就爱上你。与爱你相比
所有的恨都不叫恨
何以晚归？管他呢。今夜索性不归
找个粗俗之地，将身体展开
你要像仇人又像爱人
蹂躏和修复我。但每一次，
不许戳到我的心窝子

当我老了

爱情不能当饭吃

我当然知道。但就是愿意陪他
挨饿，住廉价的出租屋，用公共的澡堂子
与爱着的人餐风饮露

爱情是块钻石，足以划碎
透明却坚硬的玻璃
在高温炙烤的夜晚，我们仰躺在河滩上
用情欲喂饱蚊子也喂饱自己
我们共用牙刷和毛巾
好得像一个人
好得不知羞耻，也不知未来
好得分手的时候
不懂得回味，也不懂得挽留
抱头激吻只为痛哭一场，各奔西东。
我不想恨他。真的。
如果有恨，也是时间和空间的合谋
你知道我是怎么熬过来的吗？
爱情没有了，我出卖情欲
情欲没有了，我出卖长相
我这一辈子只完成了两件事：
自欺和欺人。
现在我老了，老得
没有气力要，也没有气力给
我皱着的脸皮就像硬壳的核桃

牧师

虽然你们像恋人那样迅速靠近
亲吻，手挽手逛街，看电影
吃冰激凌；也像夫妻那样同床共枕
做爱，争吵，攒钱，生养孩子；
老了的时候，像两根拐杖
相互支撑、依赖
孤零零的平衡器

一根倒下，一根晃悠悠跟着倒了
扑地是归宿，但看起来更像：
追随。
墓碑上刻着后人的
颂辞和赞美。
但是，我宣布：
你们镶着金边、银边的婚姻
是无效的——
当我身着蕾丝边的黑色长裙
像一个庄严的牧师
当你的双手按住我的双乳
虔诚地
像按住《圣经》

你发誓：
你真的爱过她吗？

差异性

"我决不和不爱的男人上床。"

她颤栗着，两手暗自揪着衣摆
嘴巴张了张，似乎想拆除
心里铁打的栅栏
但他的嘴唇迅速摁住了她

"你太保守了。"
完事后，他穿戴整齐
坐在她面前，怡然吹开
热茶上的浮沫
他像个绅士的样子
让一丝不挂的她
充满了羞耻感

她的信条始终愧于说出来

坦白

还记得红酒的品牌
她玉手拨弄着的酒杯上，留着
几个模糊的唇印
那精心修剪的指甲上涂着的
粉色豆蔻，多像几朵摇曳的小花
开在他的身体上……

"这一世，真是白活了"
他仰脖饮下一杯烈酒，说
这一回，就真的这么一回

一桌子的男人，举箸
拨弄着盘子里的鲤鱼
他们沉默着，咀嚼着
小心吐出尖尖的刺

浮桥上的月亮（14首）

聂权

春日

我种花，他给树浇水

忽然
他咯咯笑着，趴在我背上
抱住了我

三岁多的柔软小身体
和无来由的善意
让整个世界瞬间柔软
让春日
多了一条去路

熟悉

立刻就熟悉了。
地铁上，素昧平生的两位母亲
把他们放在相邻的座位上

"我五岁！你几岁？"
"我四岁！"
"我喜欢熊猫
你喜欢什么？"

那么天然的喜悦
茫茫无边的尘世
他们是那么信任对方
易于结识

流浪儿

用粉笔
在水泥地上
画一个妈妈

然后蜷缩在她的肚腹中睡去，像
依偎着她
也像仍然在她体内
舍不得出生

简笔画的妈妈
那么大
她有漂亮长发、蝴蝶结
有向日葵一样的圆脸庞
和弯弯笑眼

人间

 没有更好的身体
和微笑，愉悦对方
否则
他会倾其所有献出来

爱，止于这一刻的身体
和凝望
否则
他会献上更多爱

人间
不富足也不薄凉
对每个人都一样。
于灵魂却不同

他每日登上峰巅
看看灵魂
看看它亦欢欣亦阵痛的模样
它献祭柔顺羔羊的模样

真相

世人喜欢什么
商贩就造什么

喜欢玫瑰，他们就造艳丽的
喜欢刀刃，他们就造锋利的

姜被硫磺熏过，呈现优美色泽
橘子熏过，在这世上速腐

速腐之物为何出现在菜市场
小贩微微一笑
道出了真相：
  "人们看重它们的品相。"

多少事物都是如此，自己造就的
总要由自己
把它吃掉

凝神

用麂皮擦拭壁上的镜子

可怜柔软的麂皮
偌大一块，不还价只卖30元
可怜一只麂子

全身没有几块
这样的皮子

可怜白云下青草里的
悠然奔跑
可怜月夜里的
凝神

春水

湖水柔软

春水碧，也暖和
那夜，却被一个少女的身子染污了

野鸭和鸳鸯
未知人间忧愁
照旧年年飞来，荡漾着
不停和湖畔散步谈笑的人们
变换着距离

湖水

湖水仿佛
有着向心的引力

中午我们散步
每当我们靠近这面湖
话题就转向
荣辱、温暖
广阔和爱

不是有意的
每当意识到这一点
我们都讶异于这种巧合

湖水有粼粼羞愧
它不能像一匹丝绸
托载起
前几日那个少女的美好身体

刀削面

吃一碗刀削面，小饭馆
想起
另一个小饭馆
好吃的炒刀削面

它在二十年前的一些夏夜
灯光橘黄，笑语喧腾
我们的皮肤光鲜

有一个兄弟
身体已然走失了
小饭馆依然在，我们的记忆里
不增不减

我们围坐在一起，喝着啤酒玩笑
那位兄弟的面容，并不显眼

味道

没有一棵野菜是坏的
没有一颗果实是不好的

乡村出来的孩子知道

我满怀喜悦
拎着偶然间买到
重逢的甜苣菜，知道
它们，和用煮熟的土豆擦成的丝
拌在一起
会产生怎样迷人的味道

甜苣菜
也被称为苦菜

浮桥上的月亮

再没有比它更高的浮桥了。
而人们忙忙碌碌，只顾
重复每日脚步。但还是
有人
仰头，注意到
那轮红色的月亮
它竟然那么大那么圆
散发与现实对应的
梦境一样的光彩——
兴奋地，对身边的男孩大叫了一声
把手指向了它

满月

傍晚那轮又大又黄的圆月
让我们猛然抬头
诧异而欣喜

而走着走着
忽然看不见它了

它还在某个地方，但我们生起
若有所失的惘然

我们是多么易于
患于得失，即使身旁不易察觉地
运行着庞大的爱的世界
像那轮满月

海口三月

三月的风吹拂
一阵阵舒爽的湿暖
我们，北方来的身体

三角梅静静地开
随处开
不分春秋冬夏地开
宇宙洪荒里天荒地老地开

安静的万物中藏着生命
生生不息的巨大的燃烧的轰鸣
活得艳丽而炽热的三角梅
是铺天盖地的扩音器

错的

那么多记忆是错的
而恰恰，是它们
叠加于我们的真实之上

构成使人迷恋的部分

使路边走着的少女们
像新鲜果实一样
次第展开了笑靥

无望至极（10首）

杏黄天

长记忆旧游

第一天，你和我，我们，坐在长沙火车站对面
像两个走失的孩子

第二天黄昏，我们站在八一南昌起义纪念碑下
四周灯光灿烂

第三天，我们在景德镇买了一对恋爱中的瓷人
一切看上去很美

接着的第四天第五天第六天第七天，你和我
我们夜晚在边城沅水上彩色的潮水中

剩下的那些日子，你去了张家界、黄山、汉口

而我留下来，在沈从文故居前。等你因故返回

悲哀

说那么多。但我们都知道问题不在
这里
问题一直都不在这里。问题在那个臭鸡蛋竟然
已被孵出长成一只小鸡
已经不满足于藏藏掖掖
总想奔出——

我们都感觉到了有人在
一边说，一边极力摁那类似于狐狸

尾巴的东西

清明事

让他们先说吧，我不着急
好多年了，又不是这一会儿
我要最后一个与您说话

鳄鱼晒皮

水浊且冷。需要上岸，晒晒皮
让灰暗的皮肤变色
如此回到水中，游戏才可继续

对于身体僵硬的鳄鱼
即使有吞象之心，也枉然

献辞

在风中
我看见你是那棵红杉树，我看见你随风而动
我长久地注视她
之后，当我再看天空的黑斑
也是绿色

风也记忆——
我看见她，回身拥抱了你我
一次残缺的前世

如愿如是

长久以来，他都在雕刻那块让他不安的黑铁
他终于完成
却不料之后余留的铁屑带来
更大的伤害
更难以处理

小鸡成长史

由幼年到成年，大致不过六月
于它而言，绝对漫长：
从窗户飞出二楼，落在楼后花园
需要两月
被狗咬，认识到不可普遍交结
学会逃跑，又需一月
天暗躲在楼角，等待一个人
捉它去一个安全的黑屋子
是在五月之后

这些对他产生决定影响的事件
谁会注意到呢

秋天开始思念

杭锦后旗，我去过
是你的故乡

秋天，不远处
阴山耸立
湖泊似玉
风抚草木

没有你，杭锦后旗
天空倦于变换脸色

无望至极

屋内昏暗的光线让我烦躁愤怒
父亲的寡言默语让我烦躁愤怒
母亲的忙忙碌碌让我烦躁愤怒
土炕上那些杂物让我烦躁愤怒
家禽的寻寻觅觅让我烦躁愤怒
枯黄飘落的叶子让我烦躁愤怒
连绵阴雨的寒冷让我烦躁愤怒

可我说的是秋天呀，所谓收获
遍常言说的喜悦此刻隐而不见

辨认

不应该
短尾巴的兔子擅长狐狸的事
不应该
长尾巴的狐狸说狮子的坏话
不应该
孤独的狮子与一群苍蝇为伍
不应该
绿头苍蝇的遗嘱中没有复仇
不应该
不相信这样的事还不会发生
不应该

人民广场的新蝉（8首）

张远伦

人民广场的新蝉

每天黄昏
我都和她
来人民广场的老榕树下坐坐
看新蝉
静静地蛰伏在枝头
看眼前来来往往的人群
我们都喜欢那些北欧人
一大把年纪了
还远远地就给我们让路
并投来清澈的微笑致意
时间一长，我们都说
——我们老了，要去
那个比海平面更低的国家

寻找秋日黄昏中
明亮的蝉蜕

通奇门的孕妇

为了站稳
她抓住雕塑士兵腰间的一块黑铜

这个五百年前攻打通奇门的老兵
而今掏空肉身，被一个基座定在这里

他腹内空空，如有回声，如有鼓动
而她腹内的胎儿正在准备离开她

一块暗铜正在准备离开老兵掰断的手指
射出的箭镞永远一个姿势，悬而不垂

她依靠着人间的一块铠甲
若分娩，刚好身下尚有一个战场

七星岗的钟声

我从小对任何一种金属
内部的声音，都很着迷
比如银子的祝福，老铁的祈祷
黄铜的自诉

因此七星岗城楼上的大钟
被这个老妪不经意敲响的时候
少妇怀里的婴儿舒展出笑容
貌似聆听的样子

让我也很着迷。让我觉得
孤城里遍地教堂
可容我戴罪之身
可容我有足够的时间

在这缓慢低抑的暮色里
领取一个听懂了钟声的婴儿

川河盖的牧羊老人

这是在川河盖
我没有看到盖上的冰河

只看见格桑花原的尽头
似乎有一个牧羊的老人

当我坐在车上企图靠近他
老人又消失了

羊群还在。比格桑高一点的
是老羊，低一点的是羊羔

我的导游央尼
低低地跪了下去

在这里
她只想拍到羊群冰冻的目光

在这里
我只想看到牧羊老人袒露的胸膛

川河盖的反光

晨曦中的川河盖
最亮的反光，一定不是来自央尼的银耳珠

而是来自打早的毕兹卡老人
刚从新土里提起来的，白亮的铧尖

高处的红土将一块黑铁磨得雪白
远远地，亮了一下，又亮了一下

当黄牛慢慢吃着草朝我们挪移过来
川河盖最亮的反光，熄灭了

这时候只有央尼的耳朵还在发光
这时候只有我的眼睛还在和高盖对抗

预约

晨光昏迷
七星岗老城里有一个缝隙
可供我刷卡
进入，取走号单
我就生活在重庆卖给我的那点磁里
从正面，到反面
先预约，再就诊
每一个凌晨的雨滴都是我的脊杖者
每一个黄昏的阳光都是我的上枷人
重庆在迎接一次诞辰
而我在赶赴一场投生

无名

若你把这些花朵叫做格桑
你就错了。若你把花朵围起来的土堆
叫做墓碑，你就错了
若你认为每一个土堆
都配拥有一个名字，你就错了
在高山大盖，寒风瑟瑟
你把自己置身于旷野
若你认为已经站稳了，你就错了
此刻，秋阳初起，晨光打脸
天底下到处是躺着的人
无牵无挂，无有寂灭
无名无姓，无所谓遍地死讯

相安

同一片水田，白鸭子

一定会羡慕白鹤的体态和翅膀
野生的放纵与圈养的笨拙
在小小的坝上有奇妙的平衡
她们之间会隔得远远的
各自守着自己那一份小心
我们远远地窥视
发现那一样的白色，却被
不一样的飞行线路区分
白鸭子的蹼已将身后的水面
搅得浑浊，不能再倒映飞鸟
白鹤能够驻足的地方
已经很小。这时候
偏巧那个幽居的九旬老妇
从土墙暗室里走出来
行走在春光中，离白鹤很近
彼此张望，漠视，低头
仿佛从未相互打扰过

我真为这些柔软的大地感到担心（10首）

左右

外国人

每次外出
别人听不懂我的话
总将我当作外国人
甚至还问同行朋友
"他是外国人吗"
朋友为了保护我
不得不撒谎
有时候朋友会开玩笑
"他是韩国人"
有时候朋友不忘损我一句
"他是日本人"
甚至有朋友也会说
"他是香港人，说繁文，繁体字的繁"

在奶奶的葬礼上

家里最小的外甥女
学我
装模作样
跪下来
磕了三个响头
又学我
双手合十
郑重其事地许自己的愿
"老奶奶
保佑我
最好看"

午休

轻轻关掉手机
轻脚脱鞋
轻轻拉上被角
连翻身，都要思量再三
连咳嗽，在喉咙里憋了一会
才低三下四吐出
连打呼噜，带着过滤的笼套
让它在空气里蹑手蹑脚一些
连梦境，也不断切换频道
更别说尿急，我也装作不急
直到反复确认
与我同房的
诗人江湖海
真正进入了梦乡
我才躲进卫生间里
把所有的声响次第吐了出来

生活专家教你如何处理陌生来电

每次接到陌生号码
不管是骗子电话还是推销电话
我都会按下接听键
从不说话
任他们在电话那头
滔滔不绝
直到他们
无趣地挂断
然而他们从不知道
我的耳朵
向来拒绝
任何来电

嘴巴的笼套

身边那么多烟民
那么多酒徒
那么多吃货
有太多的东西
往嘴里塞
嘴巴一刻也停不下来
我不是吃货
也做不了烟民和酒徒
我是一个耐不住寂寞的人
我也想与别人一样
滔滔不绝口若悬河
让嘴巴找到它应有的光荣
但我每次开口
十年前
上帝已经为我配好了
像田野里的老牛那样坚固的嘴套

还魂术

"她走后
我魂不守舍
像夜莺一样
行尸走肉"
"别担心，她总会像你的游魂
在天亮时分醒来
因为你还活着"

雨神

热爱篮球

就像我的同事王有尾

热爱喝酒

好几回

我与他

约好时间地点

出门前看准了天气

但走了一段路

雨就很快来了

甚至有一回

天气预报上说一会儿有雨

但我和他依然坚信

雨很快就会跑到东边去

我们到了地方，大雨立刻纷纷

将整个篮球场淹没

今天也如此

事实就是

只要我一天不打

天就不下雨

当我抓起篮球出门

雨就来了

后知后觉

"你真恶心"

朋友微信发来四个字

不容我询问

就把我拉黑了

想了半天

也没想起

自己得罪过她的理由

我突然又想起

前段时间

她借我五百块钱

至今没还

梦里出大事了

做微信公众号

编发秦巴子作品

检查再三

发出去了

片刻之后

才发现

我竟然用的是

王有尾的照片

署上了科比的名字

其中有几段

还抄袭了伊沙的新作

急得我

拿起手机

用流利的女高音

给110

打电话

我真为这些柔软的大地感到担心

每次表妹出门约会

我总为她担心

请允许我用男人的眼光

世俗地将她打量：

体重154KG

身高165CM

上半身，体宽，体胖

下半身，腿细，腿短

最让人担心的是

今天

她的脚上

穿了一双恨天高

出门时

手扶楼梯

像踩地雷

把复式居室的地板

震得

我这个聋子

都听出了声响

等待你开放（7首）

泥文

在我拥有你的路上

他们都在随口说出，爱
我不想说。我要用我的方式
用我那个小山村——桐麻园的方式
粗俗地，粗声粗气地
带上牛羊的口音
里面一定有泥土的味道
有我祖辈传给我的锄头的味道
像播的种，比如麦子
玉米，生长得慢。比如那湿的柴火
刚燃上火，我要看那火慢慢煎熬着燃烧
烟越来越少，火苗越来越高
你不会明白，我不想一张嘴就说出
往后的日子，我要将它捻得细细长长

或者如那戏珠的龙，吞一下吐一下
吐一下再吞一下。在我拥有你的路上

离我再远些

可爱的云儿，你远离我是对的。
如果违心留下，我的天空瘦小，窄逼。
我的思维缺弦，视线短浅，
唯有方寸土地，将你安放，种植。
让你长成草木，长成禾苗，顺从我的锄头，
周身的泥土味和山水味。
将你的翅膀种进土里，会暴粗口，
一身的烟熏火燎味。那不是我喜欢的。

离我再远些，这样就好。
如果再有擦身而过也别在意。
你在天空我在大地。

让我的虔诚
散开雾霭，散开我的错觉

你是一味药

和着酒，将你呷进体内
你的美好，在千里之外，在我今生之外
我桐麻园的普通话，注定说不出
一生可以相依，你不是用我的小溪水流的
不是用我漂泊的衣衫，打点日月
如果，将你揽入怀里
你是翱翔的云雀
你是一泓荡漾的湖
亲啊，你是一味药
随着酒，犒劳我耗损过度的骨头
进入肠胃，溶解我
按下那个橘黄灯盏开关时的抖瑟

给我一点消息吧

我坐立不安，给我一点消息吧
我彻夜难眠，给我一点消息吧
我食而无味啊，给我一点消息吧
我孤寂无援，给我一点消息吧
我已有口不想开了，给我一点消息吧
有一双手总将我的日子调试为阴暗
有一个声音不让我回到没遇到你之前
有一种愁苦我一个人独守
望眼欲穿啊，我只能对着白纸言
只能对着漆黑的夜晚言
骑着我病了的骏马
扬鞭三百遍，每一个蹄声啊
是我对你精神抖擞的呼唤：
给我一点消息吧
我仍住在巴之山巅

路口

请给我一缕拨开雾霭的光
我要看清你，话语里的果蒂
哪一个果蒂青涩有声，哪一个普照甜蜜
开遍我每一个疆域
我豢养了经年的蜜蜂
让它嗡嗡地细数，你每一个叶片
抚弄你向阳的蕊，蕊里的心事
那或忧郁或舒展的温软
请摘去我被雾霭掠夺的目光
多想有一缕佛的诵经声
出自你的手掌，焚起香烛

我在这里

我爱的人她爱着我
我爱的人她没有爱着我
爱着的时候，她总是将目光看向远方
不爱的时候，她总会拿眼神牵扯我
其实，爱与不爱
我都在努力
放下如流水一样的思想
放下如白云一样的放浪不羁
放下如夜萤一样微小的灯盏

放下如鹰野心一样的漂泊
狂风来我在这里
暴雨来我在这里
烈日用它张狂的牙齿啃咬
我在这里，她爱或不爱
她在或不在

等待你开放

等待你开放，说了这么久
时间的笔不停歇地翻飞
翻过我的白，翻过我的黑

你仍在说，说你将开放的样子
系着春的围裙
放牧，一片相思的羊群

我多想看见，你迟迟不来
说说回肠荡气的恋情
恋情里九曲十八弯的路途

时间的花朵一节一节地开
你不来，我的羽翼
点着长明的祈祷的灯盏

父亲的假牙

曾经有人说，他给我的结婚嫁妆
会是满口的金牙。我想起了我的父亲
那一天，父亲随手摘下他的活动假牙
递给母亲，母亲将它丢进一个
塑料杯里，动作游刃有余。那是
一块粉红色的牙具，镶嵌着三颗互不相连的
假牙，它们相互间隔着一颗假牙的距离
从未感受过彼此的触感，只是那样单纯地
庄严地间隔着，为了完成使命，为了
让自己在价值发挥的竞争中不至于败下阵来
那样认真，僵硬地间隔着，完成使命
那是一次很偶然的机会，也是我第一次
看到父亲的假牙，以及他摘假牙的过程

父亲脆弱地陷进了沙发椅子里
目不转睛地看着眼前的假牙叹息
他没有发出任何声音，或者他早已不具备
发出声音的权力，作为一个男人
早已不具备，为自己落一滴泪的权力
或许他更愿意成为自己的牙齿
躺在即将衰老的牙床上，为自己
研磨精神食粮，或者走完余下的生活苦旅
或者彻底地脱落，或者
作为其中最孤独的那一颗，把自己
深深嵌进自己的肉里

外婆的顶针

一个夏天的上午
我的外婆佝偻着腰
寻找那枚跟了她一生的顶针
那是一枚铜黄色的铁器，缠绕着
一块散发汗渍与污垢的黑色布条
那一天，我的外婆眯着眼睛，往地上
试图拨开灰尘，试图释放她所有的力道
去拨开灰尘，那些僵硬的，囚禁了
她大半生的力道呵，正颤抖着
从她体内开膛破肚地涌出来，涌到
她浑身皮囊的最顶部，只稍一口气
我的外婆，就能像那只无法啼鸣的夜莺一样
或者，是那只老母鸡，踉跄着
从她暮年的病痛里挣脱出来
从死亡的枪口子里挣脱出来，只稍一口气
就在那个上午，我仿佛看见
那枚已然套在她手上的顶针
像是一把手柄老矣并注定要脱臼的锄头
正不动声色地向地面上陷落

修星星的人

修星星的人，是那个
穿红色内裤的女人
她咿呀的语速，和她
修星星的工作效率，总是构不成
正比。就像她掌握世人的秘密数目
和她从未破喉而出的呻吟分贝，也
构不成正比

修星星女人的胸脯动不动
就要造反

她就往里面填石头
"咿呀，咿呀"，填得疼
她边填边叫，越叫
就越让她忘记了疼

修星星的女人也有困惑
她的困惑来自于
一颗星星，钻进了她的胸脯里
还有第二颗，第三颗，第四颗
她紧张得像针头上的一根刺

割影子的人

这将是，割影子人的
最后一次工作

他用手整了整
躺在地上的影子
使影子完全贴合了地面
并利索地转动小刀
插进影子与地面间的空隙
影子顿时变得软塌塌
抽搐了几下
便作瘫倒状

一个人没有了影子
也就等于失去了灵魂

而成为平庸者
却是一件易事
割影子的人慢慢褪去
身上的衣物，手上的刀
头上的皮屑，脚上的皮癣
红斑狼疮

支气管炎
以及那些
年轻时代的革命
酝酿中的朝代更改

这让他更无限接近了
自由

割影子的人
有了更多的理由
去举起高高的理想主义
并诅咒那些追崇概论的美学家们
口吐白蛆
死于热痱病

没有一辆车到四惠东

没有一辆车,到四惠东
这个城市,没有一个人
从苹果园,到四惠东
从这里,到那里
没有一个人出走,没有一个人
乘上一辆,到四惠东的车
这个城市,没有一辆车
从四惠东出发,开到一个
不叫四惠东的地方
这个世上,没有一座城市
会有一个地方,叫四惠东
所有的地方,没有一个地方
会让我到那里去
会让你从那里来
就像我们不会乘同一辆车
到四惠东相爱

世界地图

从北极走到南极
需要多少时间?
地理学家问

没有人比我更牛逼了
在世界地图上
我一脚就从北极
跨到了南极
而且只用了
一秒钟

好望角

有一个叫迪亚士的动物
住在一颗长了牙齿的葡萄里
这天,贪玩的迪亚士开着小船
来到非洲南部一个岬角边
看到远处滩涂上堆满了
香喷喷、嘎嘣脆的妙脆角
他可高兴了
兴冲冲跑回家,告诉了
他的朋友达·伽马
达·伽马也开着小船
来到了岬角的滩涂上
装了满满一大袋妙脆角
回到了葡萄国
由于妙脆角的体积太大
一不小心把葡萄国撑破了
葡萄王很生气
就把迪亚士变成了
一颗妙脆角
并且放了一个屁

把这颗妙脆角吹到了
先前的滩涂上
然后命令达·伽马
好好看着那块岬角和它的滩涂
达·伽马日夜不停地
对着岬角看
日积月累瞎了他的双眼
并死于积劳成疾
葡萄王又放了一个屁
把他的尸体吹到了印度
葡萄国里的小动物们
为了纪念他
就把他日夜看守的那块
滩涂，取名为
好望角

我擦

把树林的鸟屎都擦了
把天涯的浪迹都擦了
把隔壁叔叔脸上你妈妈的口红都擦了
把隔壁阿姨床上你爸爸的体液都擦了
把你身上的香水擦了
把你脸上的口水擦了
我爱你
你偷走了我的橡皮

我靠

撇横竖横
竖横折横
竖横横横
竖横横横

终于盖好这个字了
还为国家节约了
很多吨
很多吨的
钢筋水泥
我往上面靠了靠
很结实

我家的二胎（6首）

游若昕

黑森林

在大家的
掌声中
一个人
走了进去
不知过了
几千年
几万年
这个人
再也没有
走出来

我家的二胎

在食堂
大家都叫妈妈
生二胎
她双唇紧闭
笑而不答
回到家里
把麦笛和达菲
这两姐妹
的照片
发到微信上
写着
我家的二胎

梦

爸爸去寿宁出差时
我做了一个梦
梦见和爸爸在玩
石头剪子布
突然打雷了
我和爸爸
还在玩
这时
一把锤子
砸了下来
一把剪刀
飞了下来
一块布
落了下来
把爸爸
盖住了

废墟

我的牛奶箱
被贴满了
广告
没人住
那儿
变成了
一片废墟

鬼屋

昨晚我梦见

和麦笛一起去玩
走着走着
走进了一间
鬼屋
麦笛吓得
汪汪直叫
我吓得
赶紧躲起来
这时
一个长头发
红眼睛的
老巫婆
走了出来
把我们
抓起来
放在一块
很可怕的
魔石上
磨成了一串串
香喷喷的美食
老巫婆
哈哈一笑
就把我们
给吃了
所有人
都在庆祝
这位老巫婆
把我们吃了

硬币

一年级数学课
我们有一单元
叫元　角　分

爸爸在
奶奶的房子
还没烧掉前
把奶奶收藏下的
一盒硬币带了回来
里面有1分 2分 5分和1角
我把这些硬币
当成学具用
还被苏老师放在
讲台桌上
展览

抒情的云梯
——浅析现代汉诗与事情的关系

青年批评家·中央民族大学青年批评家小辑（中）

李大珊

诗人如何利用现代经验完成抒情？这似乎是现代汉诗需要处理的基本任务。所谓现代经验，可以理解为，在现代社会中，诗人经历事情后，形成的个人体验。事情与个人体验虽出同源，实属异质。事情属于"原初事实"的范畴："原初事实就是事情，事情总是已经发生或正在发生着的事情；能够让谈论表达式拥有言之有物之特性的事情，不过是发生了或发生着的一个或一组互相交织、互相关联的行为。"[①]个人体验更侧重于"经验事实"的范畴："经验事实的实质，就是要给出事情在语言中的秩序。"[②]当然，诗人的写作资源并非来自现实生活中的某个行为，而是行为在语言中生成的多种可能性。现代汉诗的基本任务具体表述如下：首先，诗人在语言中消化与打磨事情；接着，诗人在语言中发现事情的多种可能性，塑造经验事实；最后，诗人把语言的独立性赋予给诗歌，在诗歌中建构可能事实，去言志达意，从而完成抒情。

1

在现实世界中出现的事情，诗人感受到的经验事实，与诗人在诗歌中建构的可能事实三者之间，有颇有分歧的异质性。异质性根源于语言，事情只有落入语言中才能被认识。事情一旦落入语言，立即变成经验事实。事情在现实世界中的存在能够保障诗歌具有普遍意义上的"叙事性"③和"及物性"。④例如，言之有物中的"物"，指的就是事情。经验事实进入诗歌，而对其预先做出语言消化。两者产生的语言差异，可以从两者存在的时空方式上加以理解。

波德莱尔（Baudelaire）曾谈及美的永存和可变："美永远是、必须是一种双重的构成，尽管它给人的印象是单一的，因为在印象的单一性中区分美的多样化的成分所遇到的困难丝毫也不会削弱它构成的多样化的必要性。"⑤可以说，现实世界上发生的事情是相对、暂时和多变的。诗歌则是要将事情的可变性转化成永恒性。这一转变，正对应波德莱尔关于现代性的判断。所谓现代性，"就是过渡、短暂、偶然，就是艺术的一半，另一半是永恒和不变"。⑥如果说诗人遭遇到事情是相对、暂时和多变的，通过语言而获得经验事实的方式，就成为诗人挣脱困境，改变现实，顺利进入永恒的精神世界的入口。诗人追求现代性的过程，也是试图摆脱它的过程。挣扎于如此困境的诗人，最好的选择，莫过于超越于时间的消逝性，发现自我和时代的永恒性。正如海德格尔（Heidegger）所言："终有一死的人中间，谁必得比其他人更早地并且完全不同地入乎深渊，谁就能够经验到那深渊所注明的标志。对诗人而言，这就是远逝诸神的踪迹。"⑦诗人潜入深渊的工具是语言，他们正希望通过语言从变动不居的现实表象中挣脱出来，为抵达永恒而不懈努力。鲁迅有言："惟有而未能言，诗人为之语，则握拨一弹，心弦立应，其声澈于灵府，令有情皆举其首，如睹晓日，益为之美伟强力高尚发扬，而污浊之平和，以之将破。平和之破，人道蒸也。"⑧面对"未能言"的现实世界，诗人"之语"导致"平和""将破"，却抵达了"人道蒸"。

如果说诗人在从事情到现代汉诗的过程中，通过语言平衡了瞬间和永恒，那么在平衡的过程中，诗人的感觉和记忆成为沟通二者的关键。"现代性"的"问题在于从流行的东西中提取出他可能包含着的历史中富有诗意的东西，从过渡中抽出永恒"⑨。诗人从"过渡"中抽出"永恒"的行为，正"处于一种扩大地观察事物尤其是在整体效果中细看事物的需要"⑩。"各种事物重新诞生在纸上，自然又超越了自然，美又不止于美，奇特又具有一种像作者的灵魂一样热情洋溢的生命。幻景是从自然中提炼出来的，记忆中拥塞着的一切材料被分类、排队，变得协调，经受了强制的理想化，这种理想化处于一种幼稚的感觉，即一种敏锐的、因质朴而变得神奇的感觉。"⑪诗人从自己的感受出发，在语言中重新安排事情，与此同时，事情也因为诗人的感受重获新生。事情摆脱了现实世界的杂乱无序，在诗人的感受中重新诞生于语言。如此改装过的事情，既获得了历史的归属感，又敲开了永恒诗意的大门。

诗人从感觉出发，重新发现事情的每个细部，将它的发展纳入语言秩序中。语言秩序改变了事情的自然状态，事情也因感受和记忆的浸润，成为语言中的经验事实。对于事情在现实世界中的发生秩序而言，语言秩序更具决定性和发言权，语言重新确认了事情发生的时空秩序，将事情从其发生场所现实世界转移到可能世界的感受领域中来。正如里法台（Riffaterre Michael）所言："表现现实的手法全凭词与词的搭配，对于含义的理解靠的是从字面到字面的推敲，而不是从字句到事物的联系。"⑫反过来说，感受领域中的经验事实虽然取消了事情发生的可信性，却发现了事情的可能性，也发现了诗人们赋予事情的厚度和深度。理想地说，如果经验事实代表了事情的可能性，那么它便可以囊括几种事情的可能性。在现实世界中，事情涵盖的动作，都可以在诗人的感受作用下，转变成语言上的共同存在。随着事情和动作的不断增加，经验事实得到相应的扩展，诗人的感受力度也得到增强。那么，诗歌整体感受发生的过程可以理解为诗人不停地将事情建构为经验事实，乃至可能事实的动态过程。也就是说，诗人将事情发生过程通过语言转变成为诗人的感受过程。

无疑，诗人对自我感受的表达成为诸多事情的语言集合。与此同时，承载感受的经验事实由于浸润了诗人的感受，平衡了事情与生俱来的瞬时性，能够带领诗人走向永恒之境。

2

诗人通过语言传递感觉，或说通过现代汉语的语言形式，把一种或几种事情进行拆解和改装，重新组合成另一种平行的经验事实，或可能事实。波德莱尔将这一过程描述如下："一个喜欢各种生活的人进入人群就像是进入一个巨大的电源。也可以把他比作和人群一样大的一面镜子，比作一台具有意识的万花筒，每一个动作都表现出丰富多彩的生活和生活的所有成分所具有的运动的魅力。这是非我的一个永不满足的我，它每时每刻都用比永远变动不居、瞬息万变的生活本身更为生动的形象反映和表达着非我。"[13]可以说，诗人要把现实世界中经历的一种或几种事情，以及这些事情投射在感觉中的一种或几种"非我"，加以超越，从而实现对自我和时代的永恒感受的书写。事情在语言的作用下发生了质变。诗人剔除了事情在现实世界中与生俱来的沉重感，留下颇具事情的语言残骸，来传达或强烈或悠远的感受。事情的语言残骸同样可以理解成是对事情发生过程的再一次模拟。可能事实是在综合了人们对经验事实的感受之后，对事情发生过程的综合性表达，是事情在语言变形后呈现出的综合形态。诗人在现实事情中经验的无数"非我"，都在拟叙事中被再次综合，从而表达诗人永恒的自我和理想，也即从暂时性的"非我"过渡到永恒之"我"，充满幸福的"我"。"我"与"非我"都来自诗人当下经历的事情，正因为两者之间出现了感受上的差距，在语言形式的表达上出现时间差距。可以说，诗人是在感受性的时间差中，不停地融合众多"非我"与"我"之间的身份危机，然而，其最终要落实到语言秩序中。事情发生的短暂性将诗人的感受固定在现时的某一点上。诗人试图超越事情的暂时性，试图去发现永恒，发现时间距离下的历史感受。诸如此类的感受都存在于诗歌的语言中，正如梅祖麟曾言："语言既用词汇，就先天地决定了这种现象必须分割，但在'还以整体'的过程中经验有两个定轴仍能把支离破碎的观念重新统一起来，这是在主观的时空轴上的两个定点，即是'自我'（self）与'现在'（present），经验世界本来是从这'自我'和'现在'这两个定点而生。"[14]也就是说，这也是诗人将感受性的经验事实建构成语言虚拟的可能事实之原因。诗人们身处现时世界中每一个暂时性的"自我"，却需要去建构语言中真实而幸福的"我"，去营造出永恒的历史感受。诗人现在经历的每一个时刻的"非我"都是为了发现一个整体的永恒之"我"。诗人身处每一个暂时性的当下，都是为了寻求诸多事情累积而来的历史感受。这一过程不断地进行整合与超越，又不断受限于当下。回顾诗人们遭遇到的现代性困境，不难发现两者的类似之处。诗人拥抱着当下的每一时刻，又试图超越当下，超越现实。如此后果无疑需要诗人重新建构独具特权的精神世界，一个语言层面中虚构的精神世界。

诗人并非要在"我"和"非我"中任择其一，而是试图从"非我"过渡到"我"，保持两者兼具的张力状态，获得平衡。他们既要知晓作为整体的"我"所呈现的状态，又要分辨每个"非我"所处的位置。和普通人不同，诗人必须在"我"与"非我"的平衡中，发现自我的统一。无疑，这一过程同时也是诗人不停铸造历史感受，不断地发生对话与融合的动态过程。正如雅各布森（Roman Jakobson）所言："当前的任何一个阶段，都是通过它的时间动力性被经验到的；另一方面，不管是在诗中还是在语言中，对它们的历史性研究不仅指向它们的'变化'，而且指向它们的永恒连续性的静态因素。"[15]诗人感受到的永恒，是由过去的无数时刻组成。诗人们需要发现过去的连续性对于永恒的价值。人们受限于暂时性的变化，过去的经验事实对于现在而言，注定是不牢靠的。为此，诗人们需要不断地更改叙述语言，不停地虚构出事情的面具，不停地演绎，不停地阐释永恒的本义。事情也因如此，变得更为可信和真实。余宝琳曾说过："摹拟这一概念本身就宣布了两种现实的基本交错，鼓励了诗歌是虚构的这一观点。"[16]相较于现实世界中的事情，通过语言虚构出的可能事实更助于诗人找到统一的自我，更有资格象征真实。或者说，事情的真实性正在于叙述性语言对现实世界的超越性和包容性。然而，我们也必须认识到，可能事实只是一种语言存在，它无法取代事情的客观性，它只是诗人超越当下的虚构行为。可能事实的真实性并不决定于现实世界中确确实实发生的事情，它的真实决定于诗人的心理认同，决定于诗人的瞬间感受。无疑，感受的真实在绝大程度上缺乏物证支持，只能依靠语言，相对于物证而言，语言甚至背道而驰。语言到底真实与否，相关于感受的表达。因此，表达感的语言形式，或说诗的语言形式获得了更多的独立性。关于诗歌语言的这一功能，雅各布森指出："指向信息本身和仅仅是为了获得信息的倾向，乃是语言的诗的功能……这样一种功能，通过提高符号的具体性和可触知性（形象性）而加深了符号同客观物体之间的基本的分裂。"[17]如此，张枣认为："当代中国诗歌写作的关键特征是对语言本体的沉浸，也就是在诗歌的程序中让语言的物质实体获得具体的空间感并将其本身作为富于诗意的质量来确立。"[18]诗的语言超越于日常语言，成为诗歌语言的自指，拥有表达感受和愿望的丰富的可能性，更加明朗地展示出事情和语言的互动。诗歌语言成为一个相互对话的场域，无论是诗人还是读者都可以将经验与想象置入其中，呈现出不同感受之间的相互感应，同时，这也为不停的演绎和释义提供了更为丰富多元的可能。罗兰·巴特（Roland Barthes）也有过类似的表达："意义永远是一种文化现象，一种文化产物。但是，在我们社会中，这种文化现象不断地被自然化，被言语恢复为自然，言语使我们相信物体的一种纯及物的情境。我们以为自己处于一种由物体、功能、物体的完全控制等等现象所共同组成的实用世界中，但在现实里我们也通过物体处于一种由意义、理由、借口所组成的世界中：功能产生了记号，到那时这个记号又恢复为一种功能的戏剧化表现。"[19]

语言让事情逐渐摆脱功能化的现实世界，成为一种可能世界的虚构，或语言存在。诗歌语言也从现实世界中的语言"他指"，过渡到抒情世界的语言"自指"。语言按照词语之间的关系传递信息；词语从实用功能中挣脱出来，按照词语呈现的意义秩序，传递诗人的感受。那么，诗人准确地表现了自己抵达瞬间真实的感觉，诗歌也成为词语之间的对话关系，成为感受的传达和情绪的表现。或者说，诗歌语言成为感受的中介，成为等待读者填充自我经验的召唤性结构。

3

诗人将事情重新纳入语言形式后，值得关心的问题是，诗歌文本之间的联系。更确切地说，诗歌文本之间呈现出何种的结构形式。现实世界（即事情）瞬息万变，从古至今，没有发生过两件完全一模一样的事情。事情本身的"相同之处"在于诗人面对形态各异的事情时，产生的相同或相似的感觉或直觉；诗人为了精确地传达感觉，需要借助已有的文本，共同发挥作用，创造性地制造相似的语境。一方面，诗歌文本吸收了先在文本，与传统呈现出对话倾向，另一方面，它又需要诗人传达当下感受。诗歌文本一面不断返回传统，一面又不断发明传统，焕发出传统文本在当下的感受力。正如高友工、梅祖麟曾说："传统是历代积累的知识整体，它是诗人在创作过程中汲取养料的宝藏，也是读者欣赏和理解诗所必须掌握的内容。因此，传统既置身于具体作品之外，但又与它密切相关，就像语言是言语的仓库一样，诗的传统也是个别诗作的源泉和矿藏。"[20]诗人通过写作表达自我感受，同时也在不断与传统对话。由于传统的加入，诗歌文本感受到的当下经验也不断"增厚"，形成了诗歌中独具风格的历史感，不断丰富感受性的语言空间。艾略特（Thomas Stearns Eliot）曾对传统解释说："历史意识包括一种感觉，即不仅感觉到过去的过去性，而且也感觉到它的现在性。这种历史意识迫使一个人写作时不仅对他自己一代了若指掌，而且感觉到从荷马开始的全部欧洲文学，以及在这个大范围中他自己国家的全部文学，构成一个同时存在的整体，组成一个同时存在的体系。"[21]事情跨越的时间范围越广泛，其浓缩到语言中的感受就越具有普遍性。诗歌文本对于传统的发明，让文本生产出现了"互文性"特征。克里斯蒂娃（kristeva）认为："任何文本都是一些引文的马赛克式构造，都是对别的文本的吸收和转换。"[22]"互文性"解释了诗歌文本与传统之间的生产方式，这既让诗人重新发现传统，也为现代汉诗带来了虚构性特征。江弱水指出："互文性写作的每一个碎片，都呈现为一个'虫洞'（wormhole），我们可以穿越它而抵达另一个时空。"[23]宇文所安（Stephen Owen）亦有类似表达："伟大的艺术不为确证一个我们感到舒适如归的世界而存在，相反，它要求我们将自身交给另一个世界一次。"[24]"互文性"越复杂，文本所叙的事情涵盖的时空范围越广大，诗歌语言的虚构程度也就越强。诗歌占据的当下也将随虚构的可能事件不断积累，逐渐营造出"增厚"的历史感受。

诗人身处过去和现在进行对话的过程中，也不停地与未来发生关系。诗人们站在超越性的立场上抒发情感，试图进入未来，与未来的读者形成对话。对话，意味着诗人持有的超越性介质是语言。无论他们通过语言继续表达，还是读者通过语言去感受，语言的虚构性都愿意为建立在共同经验上的情感提供认识基础。正是语言的超越性立场，诗歌中容纳的事情才具备了虚构的可能。陈嘉映认为："理解是不同中心的沟通……理解是一种转变，其核心不在于从某种立场出发，而在于寻求一个新的立足点。"[25]赵汀阳则也强调，从"超越性"的角度而言，存在论从"物的世界"换位到"事的世界"："只有从事情的观点去理解事物才会对事物倍加尊重，才能在事物对事情的绝对限制中充分意识到物的世界的绝对超越性，才能够敬天地而对天地不怀僭越之思，就是说，只有当to be落实为to do，人在做事中才能够充分意识到一切超越者的超越性，才有可能尊重一切超越者。"[26]诗人站在语言的立场上，不断地融合经验，理解事情。诗人的目标虽然并非如赵汀阳所言，一定要落实成现实世界中的动作行为，但是，诗人的目标是传达出超越性的感情，或伟大的愿望和感觉。毫无疑问，终极性的感觉属于诗人的永恒之"我"，来自于诗人高贵的存在方式。"存在的至善性是存在的高贵化的努力，这种努力来自于完美生活的诱惑，而不是来自存活的需要，是来自为事而在（exist）的极端诱惑，而不是来自苟存于世（is）的基本需求。"[27]悲观地说，诗人无法抵达最完美的生活，只能占据语言这个超越性立场，不断创造出永恒之"我"，用以抵达幸福。语言的超越过程并非铁板一块，而是动态到静态的变化过程。诗人抵达静态之永恒的基础依然是现实世界动态的"变"。为此，他们需要不停地在"变"的基础上建构"不变"。他们的每一次建构都是对自我的重新发现，对历史的重新体悟，对事情秩序的重新排列——这一切都得通过语言来完成。语言无法改变生活，却可以重新命名世界，从而创造世界，抵达幸福。正如赵汀阳所说："创造义务的行为意味着：作为创世者，人立意去创造一个具有幸福品质的世界，并且把创造一个幸福的世界看作创世者的义务。"[28]诗歌写作并不直接介入现实世界，而是将无边无际的梦想和愿望带入现实，从而改变现实，或者说，再造出另外的平行世界。从这个意义上说，现代汉诗与事情的关系也是语言与世界的关系。诗人如何操纵语言命名世界，去改变每个人的存在方式，让每个人都幸福地感受生活，正是题中之义。

①敬文东：《随"贝格尔号"出游——论动作（action）和话语（discourse）的关系》，河南大学出版社，2010年，第81页。

②敬文东：《随"贝格尔号"出游——论动作（action）和话语（discourse）的关系》，前揭，第62页。

③本文所谓的事情与诗歌的关系，并不仅仅局限于叙事诗的范畴。本文提到的事情一词，指的是发生在现实世界之中，占据时空阈值的一连串动作/行为，也即原初事实。本文即将处理的问题也可以得到如下阐释：诗人如何操纵语言，把发生的现实世界中的事情（"原初事实"）转移到诗歌语言形式中。"叙事诗"这一诗歌体裁只是诗人解决方式的一种。叙事诗的写作过程可以解释为，诗人根据早已明确的欲望或愿望，对发生在现实世界中的事情进行语言打磨。诗人按照既定的语言秩序干预事情。这里又涉及到另一问题，就是语言和事情究竟何者为先。上文已论，诗人把握到的事情，并非完全客观真实的事情，诗人能够控制的写作资源只是一个又一个经过语言打磨过的"经验事实"。本文预设的秩序是诗人经历事情，触发愿望，操纵语言，完成抒情。事情处于语言之前，而非相反。诗人是在语言中"发现"事情，不是语言中"规定"事情。"叙事诗"对事情的处理，多属于后者，差异是语言"规定"事情的程度。因此，"叙事诗"属于本文的论述范围，不属于本文论述的全部范围。

④90年代诗歌针对诗歌的"叙事性"问题产生了大量讨论。90年代诗歌将"叙事性"认为是诗歌表达现实世界的方法和手段，"叙事"并不是最终目的，而是诗人用以抒情的方式，因此，所谓的"叙事"其实是一种"亚叙事"，"亚叙事实质上仍是抒情的"（孙文波语）。讨论中产生具有代表性的说法如下：孙文波在《我的诗歌观》中认为"诗歌与现实不是一种简单的依存关系，不是事物与镜子的关系。诗歌与现实是一种对等关系。但在这种对话中，诗歌对遇到现实既有呈现它的责任，又有提升它的责任。这样，诗歌在世界上扮演的便是一个解释性的角色，它最终给予世界的是改造了的现实"。转引自陈均：《90年代部分诗学词语梳理》，载于《中国诗歌九十年代备忘录》，王家新、孙文波编，人民文学出版社，2000年1月出版，第399页。90年代对诗歌"叙事性"的讨论，让诗人认识到诗歌写作针对的是现实世界发生的事情。诗歌写作可以视为诗人通过语言捕捉事情的过程。实际情况是，语言并不能捕捉到事情的全部，语言只

能表达经过打磨后的事情。诗歌写作中的"叙事性"其实表征了诗人在"社会生活和语言的'循环往复性'"（王家新语）中建构抒情世界的过程。"叙事性"的提出正预示着现实世界与语言之间产生的差异，也意味着诗人从现实世界中获得经验事实作为感觉的开端。

⑤波德莱尔：《波德莱尔美学论文选》，郭宏安译，人民文学出版社，2008年10月，第431页。

⑥波德莱尔：《波德莱尔美学论文选》，前揭，第439~440页。

⑦海德格尔：《林中路》，孙周兴译，上海译文出版社，2004年7月第1版，第284页。

⑧鲁迅：《摩罗诗力说》，《鲁迅全集》，人民文学出版社，1981年6月，第70页。

⑨波德莱尔：《波德莱尔美学论文选》，前揭，第439页。

⑩波德莱尔：《波德莱尔美学论文选》，前揭，第442页。

⑪波德莱尔：《波德莱尔美学论文选》，前揭，第439页。

⑫赵毅衡编：《语言学与诗学》，《符号学文学论文集》，百花文艺出版社，2004年5月，第363页。

⑬波德莱尔：《波德莱尔美学论文选》，前揭，第437页。

⑭高友工，梅祖麟：《唐诗三论：诗歌的结构主义批评》，商务印书馆，2013年10月，第226页。

⑮雅各布森：《语言学与诗学》，《符号学文学论文集》，赵毅衡编，前揭，第173页。

⑯余宝琳：《抒情诗的比较研究——读〈诗经〉札记》，《文艺理论研究》1984年第2期。

⑰雅各布森：《语言学与诗学》，《符号学文学论文集》，赵毅衡编，前揭，第180页。

⑱张枣：《朝向语言风景的危险旅行》，《张枣随笔选》，人民文学出版社，2012年4月，第174页。

⑲罗兰·巴尔特：《符号学历险》，李幼蒸译，中国人民大学出版社，2008年1月，第198页。

⑳高友工，梅祖麟：《唐诗三论——诗歌的结构主义批评》，前揭，第210页。

㉑T.S.艾略特：《传统与个人才能》，《艾略特文学论集》，百花洲文艺出版社，1994年9月，第2页。

㉒转引自江弱水：《论古典诗歌注释的引证原则及其互文意义》，《文本的肉身》，新星出版社，2013年9月，第3页。

㉓江弱水：《互文性理论鉴照下的中国诗学用典问题》，《文本的肉身》，前揭，第10页。

㉔宇文所安：《中国传统诗歌与诗学——世界的征象》，中国社会科学出版社，2013年6月，第2页。

㉕陈嘉映：《从感觉开始》，《从感觉开始》，华夏出版社，2005年1月，第26-27页。

㉖赵汀阳：《第一哲学的支点》，三联书店，2013年1月，第215页。

㉗赵汀阳：《第一哲学的支点》，前揭，第262页。

㉘赵汀阳：《第一哲学的支点》，前揭，第264页。

风暴摁进蝴蝶的翅膀

霍俊明

2013年11月29日，下午，广州。南方的天气有些湿热，正在参加诗歌对话活动的我突然想到了老诗人郑玲。本打算去看望她，但因为时间紧又怕打扰她老人家，最终打消了这个念头。没想到竟成永别，一生未曾得见。而就在11月29日这一天下午，郑玲于株洲辞世。事后让我惊愕不已。

她生在冬天，离开也是在冬天。在我看来这位被寒冷眷顾的诗人、被冰水淬炼的诗人一定具有常人难以想象的品格和精神底色。而郑玲用六十多年的诗歌写作实践做出了证明——风暴蝴蝶。她如蝴蝶一样有异样美丽天成的翅膀，但是她与常人不同在于她一次次将时代和时间的巨大风暴摁进了翅膀之中。她一直在飞翔，也一直在寻找，直到生命最后止息的那一刻。当我们穿过岁月的风云，轻轻拨开翅膀，那里仍然有未止息的风暴和漩涡。

这是对冰川般寒冷规训的抗争，"当命运决定你沉默 / 人们说不能开口 / 但是 我已经呼喊过了"（《当命运决定你沉默》）。而《风暴蝴蝶》《暖蝶》正是诗人葆有良知的最好记录，呈现了知识分子的灵魂史，也同时镌刻下时代的墓志铭。

> 谁能像这样懂得抚慰痛苦
> 我不再怀疑了

这小小的白色的蝴蝶

　　肯定是从风暴中飞来的

　　《风暴蝴蝶》这首诗更容易从绿原、牛汉等诗人的诗歌写作和人格力量中得到互文性的印证。这风暴中的蝴蝶正是诗人命运履历的隐喻。它以柔弱之躯经受了难以想见的时代风暴的席卷，它历经劫难却终得以永存。这只受难的蝴蝶终于迎来了美丽的春天的到来。当这花的信息洒遍了青青的原野，郑玲的诗歌生命也重新焕发了生机。

　　冷风入怀，四野苍茫。一个垂垂老人仍在过自己的独木桥。即使在暮晚，一个暮年老人仍然"被春天蛊惑""去赴酒神的节日"，仍然"全身神秘的力量／都跳出来开花"，仍然在歌唱着自己童话般的爱情，"她是在我们／见识了爱情后的／第一个黄昏／诞生的／为迎接她的／第一次轻旋／那个黄昏／迟迟不肯／熄灭它的霞光"（《舞草》）"往事是伴人走向坟头的瑰宝／我需要你永不疲倦的散淡／我生怕老了／没有人陪我检点蓝宝石"（《爱情从诞生到死亡》）。

　　晚年的郑玲几乎一直躺在病榻上与病魔抗争，但她从来都没有停止写诗。即使在病床上不能动，她还通过口述让爱人一句句记录下来，比如《古老的痛苦》《病中随想》《总听见一群人唱歌》《暮色》《恶魔在我耳边低语》《在手术台上》《当命运决定你沉默》《让轮椅飞起来》。尽管更多的时候她只能躺在病床上或坐在轮椅上，但是她用诗歌开拓出了自己生命新的疆域。她将星空、远方、幻梦、记忆还有病身的疼痛、城市的现代性梦魇以及钻探般的时代轰鸣都纳入了这片奇特的空间。

　　这是一个受难的诗人，一个在受难中仍坚持发声的诗人。她深晓只有诗歌能够让一个人"为了不死而死"。这是一个一生经受了众多苦痛，在命运决定很多人沉默的时候仍痴爱着诗歌、与诗苦恋的人——她也必然被诗神眷顾，"百余年后的今夜我也听到了／微妙的战栗传到脚尖／一种蓝天的孤独"。

　　这是一个幸存者，也是一个受难者，也是最终得以用诗歌完成了精神升阶书的诗人。

　　在十多年前，郑玲因为我给她写的一篇文章《瞬息流火或垂心永恒》开始与我交往，主要是通过电话的方式联系。有几次是在夜里，有一次我在阳台上接了近半个小时的电话。每次她都会说近几年身体不太好，交流诗歌的机会也少了，内心里似乎有隐隐的不甘。

　　2008年6月12日，我的日记记录了当时和郑玲先生交往的情况。

　　下午4点15分。远在广州的郑玲先生打来电话。我照例问候她现在身体可好，她老人家也照例回答——不好！她抱怨我为什么不给她打电话。这让我感到惭愧而一时语塞，我实在是怕打扰老人家休息。从这一刻起，我决定在日后会定期给她打电话，要不显得太不礼貌了。她重新要了我的地址，我给她写的一个评论被《文学界》选中并发表在第6期。打完电话不久，我收到一个手机短信，居然是她老人家发来的——"俊明，我的世界离不开诗歌，有你们真好。"我难以想象老人家戴着老花镜在一个个字母一个个标点地按动手机键盘的情景！祝福老人家，诗路平安，一生平安！

2007年，郑玲出版诗集《过自己的独木桥》（花城出版社）时将我和绿原先生的文章一起收入其中。她在电话中告诉我说她最喜欢这两篇文章了。那时她的话带给我的不只是温暖、信任，更有深深而难以言说的触动和批评家的某种责任感。

在中国当代语境之下谈论郑玲这样的诗人是困难的。

她一生命运多舛，在涡旋密布的政治年代受难，无罪而被错打成右派。她被迫下放农场劳动改造数年，新时期恢复名誉却赶上诸多诗歌流派林立，此后急剧推进的城市化时代又使得诗歌写作问题重重。诗歌作为一种语言、玄思与存在的最为凝聚的话语形态，更像是一束时代暗夜中高擎的火焰。这在当代诗歌发展的特殊语境中甚至成为了意味深长的象征或寓言。真正的诗歌总是选择少数人去完成，诗歌这匹黄夜中的黑马在寻找它优异的骑手。在此意义上，时代和诗歌选择了郑玲，郑玲也在苍凉而粗粝的时代背景下以静穆而知性的灵魂以及和隐秘而复杂的言说方式迎受了诗神的眷顾、时间的淬炼以及现实的酷烈风暴。

在不断迅即转换的时代语境和文学环境中，郑玲却以一以贯之的对诗歌的敬畏听从了诗神那久远而永恒的召唤——即使是在晚年的病榻上。

在漩涡和阵痛中诗人淬炼出撼动人心的诗行，她一次次将风暴和雪阵摁进诗句和内心的翅膀。

这些诗无疑是灵魂与"个人现实"和历史想象力不断摩擦、碰撞和龃龉的结果。在郑玲为我们打开的时间暗箱面前，我们最终看到了一代人的履历就像是黑夜中的一场暗火过后无处不在的灰烬。更多的人在历史的劫难和人性的炼狱中沉默、沉沦，或者粉身碎骨，而郑玲作为"少数者"在"沉默的大多数"中间主动承担起介入者、观察者、命名者和创设者的角色。在此意义上诗歌成为一个时代"良心"的秘密居所。

在60多年的诗歌创作中，在时间的重负与神恩中，郑玲在用诗歌这种特殊的话语方式维持着内心的尊严和发现的快乐——当然不可避免的她的诗行间也布满了一道道醒目的难以愈合的伤口和无以言说的苍凉。这些诗作洞穿了生存的困厄和历史的迷雾，同时也打开了梦想小径上一个又一个荒草丛生的恐怖渊薮。

诗歌在郑玲这里是"内心宗教"和"灵魂乌托邦"，具有除魅、自我"清洁"和人格矫正的功能。

当历史的风声远去，时间的流水冲刷生命的堤岸，那静夜中的祈祷之声不断如缕传来。这是一个朝圣者的灵魂和西绪弗斯的无望跋涉。

在我们和时代告别的时候是什么在开口说话，是什么在纠缠我们永不瞑目的内心？在时代风暴和激流的漩涡中郑玲在穿越历史和现实的大火中为我们呈现了苦难而高昂灵魂的阵痛。

在化血为墨迹的阵痛中诗歌成为灵魂飞翔的升阶之书和燃烧的火焰。而郑玲正是这样的诗人，她注定与苦难抗争并用诗歌真诚地记录下一代人隐忧和悲痛莫名的心灵史。这成了有良知的诗人的宿命，诗歌也因此而承受了巨大的个人不幸与历史灾难。诗人郑玲就是在这样的时代背景上，在受难的悬崖上，用高贵的人格和低郁的歌唱在艰难的跋涉中完成诗歌和灵魂的双重历险。

在无数个风起云涌的暗夜，诗人咀嚼着痛苦，吟咏着泪与血的诗行。时代的寒冬再次证明了劲草的力度。

历经漩涡和风暴的郑玲在"文革"结束之后重新焕发了诗意的青春，写下为数不少的优异诗篇。尤其新世纪以来，郑玲的诗歌写作无论是在经验和哲思的体悟上还是在诗人自我的重新发现上都达到了相当高的水准。

这不能不令人称奇。

在半个多世纪的风雨雷暴中一个人是依赖什么力量才保持了长久的对诗歌的激情和省思？诗人自己给出了这样的回答——

许久以来，我写诗只不过是白发插花，自成悲歌而已。没有想到那个离开已久的血气方刚的灵魂竟然进驻我的暮年。心中青春的微风，把我昏花的老眼无法看清的东西，吹到我面前，让我充满了期待。期待果实重新变成鲜花，鲜花变成蓓蕾，蓓蕾又变成新的硕果。

是的，郑玲曾因运动而受难，然而在飙风翻卷的悬崖上她如一朵芬芳而受难的百合，她优雅而惊心的姿势印证了无法想象的苦难与伤痛。同为老诗人，绿原（1922-2009）的评价相当确切："她深知写诗的危险性，不下于空中飞人，如一跃之间不能把所追求的目标抓住，就会粉身碎骨。要问那个目标是什么，也许是一种可与读者共欣赏的美吧；但对于一位饱经沧桑的诗人，取悦感官的美哪里又在话下？郑玲对诗几乎像宗教徒对圣体一样敬畏，几乎把写诗当作一种自我拯救，仿佛写好一首诗就可以在来世延长一寸生命似的。"（《不是灵芝，就是琥珀》）

生存、时间、记忆所一起碰撞出的回声在郑玲1990年代尤其是新世纪以来的诗歌写作不断得到有力而繁复的回应。

这一时期郑玲的诗歌更突现出了一种生命的时间感。

人作为个体只不过是时间暗夜中瞬息消逝的流火，人一生中与那么多人和事物相遇而最终却只能自己走生死的独木桥。那么什么才是永恒呢？对于郑玲而言用诗歌来生存就是垂心于永恒的最好方式。人作为单行道上短暂的生命过客，在面对浩荡的时间形态时确乎是相当微渺的，然而人类生存的本体意义却在于人事先明了了自己的归宿，并为自己的归宿捡拾自身认为重要的东西，并不断认识自己。在时间这浩渺而灰黯的路途上，有谁能为内心和良知哭泣呢？诗人正如那棵仍然高耸但已"日渐衰老的植物"，用思想的头颅、用诗歌的身躯完成生命的终点。

在郑玲晚近时期的诗歌中我看到了幽暗的树林上空不断推远和拉近的时光景象，看到了树叶响亮的歌唱背后无尽的落寞和孤单，看到了冷杉树上积压的厚雪和负累。而更多的时候，我看见了那从根部直升上来的力量在不断抖落风雪和灰尘……到了一定年龄，身体的病痛状态使得诗人对世事的洞悉愈益深邃，而诗歌也不能不被愈来愈突出的精神问题和感知方式所牵引。基于此，"捶打"、"追问"、"命运"成了郑玲带有挽歌性质的难以回避的诗歌关键词。郑玲的诗作有一种切入骨髓的时间感。而诗人正是在幽暗的时光背景中重新发现时间奥义，重新揭示人不可避免的宿命感。

郑玲写于1998年的长诗《在手术台上》让我领略了一个诗人怎么在生与死的临界点上通过诗歌传述的令人震惊的身体体验与灵魂风暴："匍匐在手术台上／如牺牲／有一种被献于祭坛的恐怖／无极的宇宙／分给我的只有这么一小块／比棺材还窄的位置／几乎容纳不下我的身体／／体内的小火花／因为没有回旋的余地／明明灭灭地飞走了／死神伺机而来／以假装用羽毛扇的迷人姿势／从冒烟的红袍里伸出手臂／做成桥　搭在忘川之上／很有些令人动情地说：／'过来吧　该退场了／你已演了那么多悲剧／过来吧　该收割了／你已是成熟的麦穗／死　不是恶／死和自由是一致的'"。

然而即使个体不再惧怕死亡的召唤，但是几十年人世的风雨都在瞬间冲撞并不坚强的身体和内心。有些事物、情感和经历永远是难以释怀的，更多的人将之转化为沉默，而诗人却在用灵魂的火光在时间的黑暗隧道中寻找。随着时间的推移，身体的病痛和感知状态一定程度上成为诗人的思考方式和哲性空间。而郑玲在暮年大小病痛的折磨中以身体完成了诗歌写作。身体、灵魂正是在"疾病"这种特殊的人生体验中不断盘诘、交锋。这些关涉生命本真体验的思索都证明了郑玲是深入生存的诸多难题中披荆斩棘的诗人。思之深睿，情之缱绻，令人动容。

正是在各种显豁或幽暗的生死临界点上，郑玲以常人难以企及的姿态和敏识为生存和命运命名。如果说生活是为了从快乐出发，那么在诗人看来，诗歌就是从深渊出发并最终抵达诗意澄明的境界。诗人的快乐就是通过诗歌发现一种静穆和伟大的力量，而这种力量使得诗人远望澄彻或晦暗的未来。当然时间的阴影给个体生命的无情销蚀也不能不让诗人在挽歌中流连、伤感。

郑玲在诗歌对"简单的活着多么不易"给出了一个具有相当深度的回答，而这一回答显然并不轻松，甚至是痛苦的带有自我嘲讽性的。

晚期郑玲诗歌的写作背景大体是具体化的、日常化的、个人化的和即兴的，而这种具体化和日常化的过程并不是诗人耽溺于琐屑的生活细节和表层纹理，而是恰恰相反。诗人努力在超越和拒绝这些琐屑的日常生活所形成的强大的惯性以及随之而来的麻木和眩晕。这些诗作都是来自于平淡的甚至琐碎的日常场景，在一些评论者看来属于日常叙事的一类，但是这些日常景象在诗人的过滤和整合之后获得了一种更为普遍的象征意味和浓重的生存宿命感。郑玲的这部分诗歌描摹了生活场景的细节和隐秘细微的心理图景，并且这种言说方式和场景设置恰恰在于通过生活的描摹又偏离和超越了日常的轨迹，从而带有想象和提升的高度，也带来了诗歌阅读的深度。同时这些投向具象化的现实场景的诗有时折射出令人振颤的寓言化效果，而这种寓言化的倾向正达到了生存的核心区域，而这种"真实"往往是难以置信的。

在郑玲的诗歌中我看到了如下的质素：强烈的时间体验、历史的个人化想象的冲动、对现实生存场景的钻探式的叩问与质疑。

我看到了斑驳的时光影像中诗人缓缓走动的身影，看到了一个时间水岸的彳亍独语者，看到了追光关闭之后空旷而黑暗舞台上的无边的寂静。

在落满灰尘的幽暗的房间里，诗人试图擦拭那早已不再光洁的布满灰尘的诗稿。郑玲多年来的诗歌写作真正体现了诗人的角色——创造者。当与郑玲同时代的诗人纷纷搁笔或者诗歌写作早已定型化的时候，她却不断在诗歌的道路上跋涉和探寻。她像地质勘探者一样不断地发现与创设，不断揭示为人们所忽视的生动的细节和富有象征性的场景。郑玲在细腻的观察、真切的感受、频繁的发现、强烈的问题意识和艺术自律的诗性抒写中既呈现了历史的复杂性也凸现了个体的主体观照和命运。

郑玲诗歌沉思的质素愈益明显，她在将诗思探向内心深处的同时也将视野投注到繁复的城市现代性景观、生存现场以及历史和时间的深处。郑玲对飞速发展的城市化和工业化时代是怀有疑虑的，尤其是"到处都是牙齿"的钢铁城市不断提高诗人"望乡"的高度和难度。在城市化空间，郑玲无奈感叹这是一个看不到"地平线"的时代——"城市里看不到地平线 / 楼房与楼房之间 / 仅隔一个花园"（《地平线》）。而诗人正是在回溯和勘探中发现了被时代的巨大城市建筑所挤压得变形的身体和内心——精神荒原在现代人这里无处不在，诗人却在城市里听到了狼的嚎叫（《深夜狼嚎》）。郑玲的这些诗歌流淌成生命与历史共现和交响的河流，流淌成后工业时代沧桑的时时回望"故乡"的还乡河流。

这是一个有"精神远方"的老人。这些诗歌真正成为伟大诗人布罗茨基所称的人类"记忆之诗"。

郑玲的诗歌呈现出当下时代诗人少有的宁静、自足和不断试图倾听、回溯、发现和创设的可能。郑玲诗歌的安静质素又是特殊的，这生发于隐秘的内心深处的"教堂"与"圣地"，当然这种内心的呼应也同时指向了当下性和"永恒性"。这关涉了个体、生存、时间、"现场"、"社会"和历史共同形成的复杂场域。郑玲的诗歌既是具有个性化的"现实"感又同时有着强烈的"超现实"的冥想、独语和"虚构"的成分。郑玲的诗歌相当沉静，沉静的个体呈现的却是诗歌和生存以及历史和传统深处无处不在的各种声音的回旋和深入。越是到了"老年"，诗人对世事和自我的洞察越是深彻，而这种洞透的结果是让一代又一代人自认为最熟悉的现实带有了不可确证的虚拟性和寓言性。而这就是诗歌和诗人带给这个世界最大的贡献。她在不断一意孤行地向我们自以为深知的生命和现实甚至历史深处掘进，她最先领受了挖掘过程中的寒冷、黑暗，也最终发现了现实表层之下的粗粝与真相。

郑玲是一个沉静、深刻和自省的诗人，这在她近年来的诗歌写作中愈益明显。

正是在静观、深入、沉潜、等待与勘测中诗人擦亮了人世、生存、时代和现场的粗糙的纹理。郑玲的诗歌总有一种拨开浓重的生存浮尘的冲动，诗人更为深刻而明晰地知晓圣洁的东西总是在高处，而沉重的东西总是在尘世。她一遍遍擦去世俗的尘垢，从而使得那一个个年轮碾压下的物事重新焕发出历久弥新的光泽。正是这种精细、深入和持续的激情使得郑玲更像是一个楼顶上的避雷针，在翻卷奔腾的时间乌云中她提前领受到了时间这道闪电的炫目、寒冷和颤动。由此在向天空仰望又扎根向下的双重姿态中，郑玲同时发现了时间漩流中的星群、天空和飞鸟，也拨开了隐藏在草莽深处的那条泥泞的小路。正是因为冷静、知性、深入的写作征候的出现，郑玲近年来的诗歌给我留下的一个最为突出的印象就是清澈、透明又有一种可以不断回味的底色——这让我想到了在人间的弥天灰尘和烟火色中偶然出现的纯净琥珀。

这些诗歌让我们再一次感受到了语言和记忆的力量，也同时更为感同身受地意识到现实生存的"暗箱"中有很多东西和事物比我们脆弱的生命要强大得多。

郑玲在前进或回旋的途中最大程度地感受、倾听、回应了河流两岸、河底和上空的各种事物所焕发出的最为本源、最为自然也最为撼人心魄的声响。在这条不断压低声响的河流中，在不断的躬身向下探询和精神头颅的仰望中，我们不断听到真正的导源自有万物以及生命骨骼自身的各种各样的响声。在这些压低声响的河流上你看到了什么不一样的景象？听到了什么久违的令人动心或厌弃的声响？

时间的河流仍在流淌，诗人就必须跋涉。2013年春天，诗人辞世这一年写下了一首精神自我烛照的诗，也为自己写下了精神履历和墓志铭。

> 天际拥挤不堪的空无中
> 有高士
> 念枯燥的经文
> 我无动于衷
> 我被来自洪荒的光明
> 牵引　照耀
> 没有穿鞋
> 脚已溃烂
> 沙石
> 镶进红肉
> 我　流浪
> 哪怕是石头
> 踏上去
> 也清清楚楚显出
> 脚底板皮肤的纹路
> 不用看也知道
> 还有裂开的伤口
> 有星雨击中
> 一路脚印

【美国】特伦斯·海斯诗选（10首）

明迪 译

　　美国诗人特伦斯·海斯（Terrance Hayes）1971年出生于南卡罗来纳州，毕业于匹兹堡大学，获创意写作硕士。已出版五本诗集，1999年获得怀丁作家奖和凯特·塔夫茨发现奖，2001年获得全国诗歌系列奖，2005年获得普西卡奖，2009年获得国家艺术基金会奖金和古根海姆基金会奖金，2010年荣获全国图书奖（诗歌类）并入围全国图书评论圈奖，2011年获得美国艺术家奖（文学类），2014年获得美国最高艺术奖–麦克阿瑟天才奖，2015年再次入围全国图书奖和全国图书评论圈奖，2016年获得NAACP大奖（美国有色人种的奥斯卡奖和格莱美奖）。曾任教于卡内基梅隆大学、阿拉巴马大学、目前任教于匹兹堡大学。

匹兹堡

是一个胖女人，在公共汽车站絮絮叨叨。
她认错人，以为我他妈的是一个在乎的人，
以为我是她灰色工业胸脯的原生儿子。

她祝福她的海盗队，她的钢铁队，
她父亲，上帝保佑是个黄蜂队球迷。
她认错人，以为我他妈的是一个在乎的人，
她的蓝围巾扭起来像宽阔的莫农加希拉河，
她的蓝脸一字排开像便宜货街道地图。
我告诉她我不是本地人：
这隔离的令人疲倦的街区，
这无情的冬天脾气，
但她长长的讲也讲不完的故事麻木了我。
她执着，如雪，如靴，水滴答答而具体，
如公共汽车轰轰隆隆，像巨大的金属毛毛虫。
她点起一支万宝路，这就意味着
春天将迅速燃烧，如火柴一样激烈，
夏天将慢慢炖煨。
她告诉我匹兹堡没有一个陌生人。
我信她不，
我干若冰霜的童话干妈，
我粗壮散漫的比喻物？

井底身份

既然我的黑人身份有井口那么大
我的自我感觉就稍稍好了一些。
冬天它是多么地温暖我的子弹脑袋，

黑光环，头发的毛糙帽子。
井口先生知道他是什么货色的王冠，
与睡在他身边的女人的

身上的草丛相比，他是光圈。
（总有一个女人
睡在他身边。我一直在想，

如果我只和陌生人说话……

长出更完美的头发的头。）
他的黑人身份是一顶王冠。

横冲直撞的子弹加子弹，
拳头打架，汽车追逐，
三部电影和一部短电视连续剧，

从来没有一串闷声响，
从来没有被汗水挫败——
甚至在最不英勇的情形里我也出汗。

我敢肯定你不会相信这一点，
但如果一个警察走到我身后，我会发抖：
井口先生会怎么对付？井口先生会怎么对付？

我的勇气碎片像头皮屑一样剥落。
即使我现在告诉你这些我都在出汗，
我一点也不酷，

我把真实的我夹在一个假发下，
我是一只美国小青蛙。
剧场转暗时我变得漂亮。

火

我记住的并不是一个女人寻找女儿时
嘴里冒出的烟，
也不是践踏过的路径上

留下的稻草拖鞋。我什么也没看见。
头发遮住我的眼睛，在梦中
我无法闭上我的嘴。大多数时候

那里有盐的味道，和造船工人
的勤奋。偶尔，我会听到
我兄弟在我脚下呻吟。

那里有平静，和放弃
的自由决定权。有屋顶。
有木板，树液，碎片。

我母亲皮肤黝黑，头上裹着红布。
她的生活比她背上扛着的火
还要沉重。

这就是过去意味着什么，孩子。
有地图和经文
刻在我手心，刻在整个镇上，

我走进镇上，寂静无声。但我记得
我不饿。我母亲把她的眼泪变成水稻，
只要她哭，就有食物。

盒中的风

这墨水。这名字。这血。这疏忽。
这血。这损失。这孤独的风。这峡谷。
这/一对/迅速/划过的/阴影，绽放
在地毯之上一英寸——这喊声。这泥土。
这不寒而栗。这是我站立的地方：在床边，
在门边，在窗边，在夜晚/在夜晚。
一个女人必须被抚摸多深，多久？
我被抚摸多深，多久？
在骨骼上，在肩膀上，在眉头上，在指关节上：
像姓氏一样抚摸，像湿火柴一样抚摸。
像一只空鞋和一只空鞋抚摸，甜
而不知所以。这墨水。这名字。这血

和奇迹。这盒子。这盒子里的身体。这身体
里的血。这血中的风。

蓝色的特伦斯

我来自一个干燥的夜空凹出的一长条光线，
一个别人家一大排孩子的第一个儿子，
害怕水，壁橱，其他人的武器，
饥饿和愚蠢，害怕老年人和刚死的人
身体被闪电晒黑，害怕无精打采的狗，
我回家的漫长路上每一只白狼狗。我相信所有
关于我是谁的故事：一本精装书，屋子后面一个帐篷，
一个不是我祖母的祖母，啤酒的味道，
其实是汗水的味道。他们说我爬上屋顶
胳膊下夹着一盒灯泡。砖头前面，
是树，树前面，是一对恋人
几乎扎根于田野，不谈他们吧，谈他们
使我沮丧。我来自于一群男孩扔石头，
比自己拳头还大的石头，扔到那个被火烧的女孩头上，
她的白色双腿圈为一个台布的花边。某人车库里
一支手电筒照在两只拧成火热一团的狗身上。
然后几只幼犬出生就死了，太小
而不被记起。我来自于整日整夜的嚎叫，
钉在一棵松树上的箍咒和木板之下的夏天。
我来自于灯泡，不会发光也毫无表情，
被远远抛出去就像抛出一个晚间苦差事，就像上帝
改变了主意；从黑路上破损的光
引向我母亲。如今她步态已然衰老，胯骨劳损
以补救骨折，告诉我关于她
你还记得什么？我来自于炎热的季节
聚集事物而离开。我来自尘土飞扬的道路
通往铺开的路。我不会返回地球
如同我不曾出生。我不要等待变成一只黑鸟
黑到足以将自己埋葬在半空。我有时

从这个国家的中部醒来，脖子上有毛。
我的狗上吊之后他们埋在哪里了？
埋在哪一棵她的骨头纠结的树根下？
我来自于祝福，仿佛黑岩石的河流，仿佛久远的秘密，
这种善意的祝福就像一扇门，关闭
而没有锁上。昨天我什么也不是，只不过是条路
通往四个方向。当我威胁说要离家出走时
我母亲说她会带我去任何我曾经想去的地方。

一盘骨头

我的丝绸般光滑的黑肌肉的絮絮
叨叨的叔叔开车把我和一群
鱼尸体送到教堂。那条患眼疾
嘴裂开的鲈鱼，那条无王国的国王
石首鱼，那条薄如银的银鱼——每一条
都死了，分别装在阴凉的桶里。镀金的
有领带形状的星期天早晨，
这些鱼。坐直，他说，我马上坐直，
骑猎枪，眼睛死盯道路。
他喃喃自语，黄花鱼，仿佛某种东西
在纤细清晰的线上摆动，
鳟鱼的大脑里有一堆很小的蛆虫，
苍蝇休闲，仿佛我们背上的恶魔首饰。

昨晚，一个白人男孩的手臂
勾着他女儿的脖子，我叔叔
什么也没说，直到他们离开。我让他用愤怒
把我喂饱，我知道这是他与生俱有的权利，
一盘骨头，细小到可以穿刺
肺。但词语在我嘴巴里做一些
它们可以为之杀死人的事，我听说。他们去看
了一场电影，安静地坐在黑暗里
　　摸捏或者没有摸捏。我叔叔看

新闻，声音拧小，
直到她回来，我的丝绸般光滑的黑色的絮絮
叨叨的表妹，他的女儿。他走过去
把她打得叫苦求饶，皮开肉绽。

鹿

在帕塔斯卡拉城外，我看见肚皮又软又白的鹿，
两只眼睛像洞口一样瞎的鹿，我看见它
从公路旁边的灌木丛中跃起，仿佛在跃起之前一刻
它是公路旁边的灌木，我看见
我如何可能是鹿，如果我愿意的话，一只有骨头的生物
像春天的一根树枝，我闭上眼睛时，发现
麝香的气味，我母亲星期天在路边
采摘的浆果，路边烟雾增厚，
有斑点的皮和种籽沉睡，悬浮在黏液里，
比胚胎的睡眠还要厚实。这是最难看的浆果
沿路生长，但咀嚼时使我想到速度，
我看见当我是鹿的时候，我并不是非是鹿不可，
我可以成为一台里面有女人的机器，
以那种可以在微风里留下痕迹的速度移动，
在几乎是肉的麝香葡萄的皮肉上，
在鹿的牙齿之间被咬碎时，麝香葡萄
流出的甜浆，或者是一个母亲
抑或是她的孩子，等待耻辱一样的东西被喂食
比耻辱更难看的浆果，尽管对于鹿来说
并非如此，这并非耻辱，因为鹿不是人类，
它仅仅几乎是人类，它站在路上观望，
跳跃，一眨眼功夫可以跳过至少三十英尺，我
不可能是鹿，哑鹿，哑而愚蠢
以至于忽略任何可以跑却没有生命的东西，一部倒卖机器
装满了心烦意乱的头脑和致命的身体
足够耐用，可以解构一只跳跃的鹿，
我告诉你，就像正被追赶的某个人。我记得

一个朋友告诉我，他八九岁时，
一个半裸女人如何跑向一辆车的窗口哭喊着，她男人
如何拿着刀追赶她，但他母亲锁着车门
扬长而去。有人对他说，他母亲并非
懦夫。这只是他的想法。告诉他，因为
他和他弟弟都在车上，她不能
让乱世进入车内。这不是任何人的错。
头脑与身体分离。我几乎可以看见
她眼睛的洞孔，她舌头上的白色绒毛，
凸起的花苞像一床粉色种子一样柔软，
一个嘴巴的洞孔拉宽宽到可以容纳
一个婴儿在里面，我几乎可以看见它的眼睛
在她的喉咙深处，我无疑可以听见它的呼喊。

★帕塔斯卡拉为俄亥俄州的一个市。（译注）

理发师主义

这是光与无光泽，不知怎么地也是无运气，
这是我从我岳父头上剪下的头发，

这是青椒漂白了，风磨损了，细细的
像被吹灭的灯泡电丝，粘在我剪刀的齿上，

像一种黑暗的语言，静态
遮盖他的头脑，卡在我手指间，三心

二意地与灰尘混在一起。因为
每一个理发师都有一种天赋，用手触摸就能解读心智，

我能听到他不会说出的话语。他发誓
他女儿去世后，绝不再让人

理发。我告诉他我自己的孩子，

也就是他的孙子，如何哭泣，当我的剪刀咬到

他后耳朵根时。但我无法说出
血的味道。我差点给他看

我如何对我手中的剃须刀鞠躬，
如何使用镜子来推后颈。

科学与宗教得出同样的结论：
有一天，身体的所有毛发都会脱落。

我敢肯定，他只能再叫上我几年了，
他头顶上的冠已经比

他脸上的任何部分都光滑。像汗珠小灯泡里的
光一样闪耀，直到汗水蒸发。

看上去像什么

亲爱的老肮脏混蛋：我也喜欢原生态，
我尤其不喜欢生日聚会上的
艾灵顿公爵。我越来越少关心
形状的形状，因为形式
会变，没有什么比感觉更持久。
我奶奶在聚会时唱歌，
穿了一件显然是西非国王
的衣服，结束后我叔叔用我给他的钱
买了一些看起来像糖果的
小瓶子。我的座右铭是
永远不要以貌取人。
比方说，我的慷慨，主要是一种虚荣心
的形式。大手帕是一种有用的手帕，
但手帕是毫无用处的狗屁大手帕。
这看起来仅仅像我的关于聚会的报告

注脚。颤音代表真正的
真实，虽然它可能被房屋隐藏，
就在我们之间的小山那边，被我们
之间的小节线上的手所遮盖。我叔叔
还是孩子时和我奶奶在一起的
那张照片，不是颤音。那是
看见拾垃圾的人沿着黎明前的大道
游荡时的感觉，一场草率的慢雨
慢慢下到海岸边。胆小鬼
不是颤音，鱼汤也不是。Bakku-shan
是日语，表示一个女人
只有从后面看起来才漂亮。就像我说的，
我的座右铭是永远不要以貌
取人，否则你最终会像黑人
奥赛罗。（奥赛罗是黑人吗？）不要
有时候为你是谁而撒谎然后发现
谎言是真的？你茫然不知你自己的力量，混蛋
兄弟，就像一个国王在他的王国游荡
搜索国王。当然这也没关系。
没有人会告诉你你是国王。
没有人真的想要一个国王，反正。

大趋势颂

很快黑人将会寻求报酬。
我的合作伙伴，名叫大趋势，擦了擦牛脖子说：

他不会等待更久。你知道
你父亲抽打你之前的样子？

大趋势就是那副模样。他前额
有一块粉红色疤痕。大多数人认为像他那样的

熊样，除了美元什么也不认识。

但我见过他在城里逛二手书店，
见过他午睡，所以我知道他拥有

比手中更大的力气。它们可以把一本圣经
撕成两半。有时在回家的路上我会听见

他朗诵诗。但到了星期五，伙伴们都求他
去和老板交涉。通常情况下他会

一个人去，然后留在最后。我们想象老板被扣进
大趋势的阴影里，因为随之而来的总是我们的工钱。

欧阳（欧阳江河，以下简称"欧阳"。）：你所理解的抽象艺术是什么？因为绘画中的"抽象性"有几个不太一样的向度，第一个方向是对这个世界的一个否定，也就是从"不"的角度去理解世界，理解世界的实存性，世界作为一个客体的合理性或合法性。第二个方向的抽象性，可以反过来从"是"的角度来定义，也就是抽象性和世界互为镜像的一个关系，不是1和1的关系，它认可真实始于2，但这是一个没有1的2，是一个再现。任何艺术从某种意义上将都是再现，哪怕是表现主义也是一个再现意义上的表现。比如像马克·罗斯科（Mark Rothko），我看过他晚期的《小教堂》那一批画，到最后他否认艺术和再现变成2，他认为是0。所以他是最根本意义上的否认，不光是说No，而且超越No，也超越Yes。他把抽象性推到极致，什么都不剩下，最后就剩下一个空无。

晶晶（关晶晶，以下简称"晶晶"。）：抽象对我来说只是个概念，它更像结果，并不是一开始就思考的问题。我只是喜欢消除边界，喜欢无边无际的空间；不喜欢很实很满的、约束的、规范的、中心的，或是界线和区分。我们可以有区别判断事物的能力，但是，如果这种能力不能把我们引向大范畴的同情、悲悯，那么很有可能，它就会使我们陷入这种区别的缝隙里，纠缠于事物的区分，而不是感悟每个事物的命运。除了这条缝隙这条界线，我们将看不到任何东西。那么为什么一定要去区别事物？拥有能力又有什么意义呢？ 也许这是我的画趋向抽象的最初原由。

欧阳：从你的绘画里边，我看到了混合很多来自"不"的方向的东西，就是否定性的，否决的和反抗的，甚至是革命的，而且它是一个很含混的东西，是从绘画本身里滋生，是在生长、在发生这样一个东西。

晶晶：首先是我的各种感受汇合于一点，或者彼此混合，我画画时试图把这些感觉通过画面清晰出来。而事实上，在画的过程中经常会滋生出新的东西，就好像画面它自己是活的，它自己是有生命意识的，它自行滋生的东西会与我发生碰撞，产生出连我也意识不到的新的感觉。这是很有意思的，它反而会促使我去重新审视画面，重新思考问题，甚至会给我启示。这样就有了对话的含义，比如刚开始画面只是被动地接受我施加给它的意识，而到了后面，我发现它其实会自行组织规则。一旦你前面给它定了性，给它注入了生命，那么你就要尊重它，甚至服从于它自身逐渐清晰的规则。只有如此，才可能将我与画面的对话进行下去，才可能有新的可能的成立。也许最后呈现出来的画面并不是我一开始的构想，但我认为这是正常的，正是在不断发生的变化中才可能进步。绘画在我看来是精神不断探索的方式，是整个过程，而不单是最后画面这个结果，所以它是开放的，而不是封闭的，不是预先设计好画面、设计好结果，然后去实施验证，它不是画完一张画就完了的事情。过程中的每一步都同等重要，最后呈现出的画面只是无数过程之一。

欧阳：在你的绘画里，抽象性是好几样东西的一个汇合。比如说，有一些思想性的东西，我指的不是思想史意义上的人文思想，它主要是一种"思想性"，但是这个"思想性"没有具体的聚焦点，也没有具体的对象和及物性。此外，你绘画里的抽象性，还包含了"能量"这类感受性的东西，也就是说反思想的东西，包含某种生理性的、官能性的东西，总之是有生命的那一类东西。甚至还包含了诸如植物性、动物性、骨头和肉体这样一些含混的成分，心理暗示性极强的某种东西。

晶晶：你把它展开了，更复杂了。你说的这个"思想性"没有具体的聚焦点，没有具体的对象和及物性，的确是这样。正像我不认同固定的中心，我不喜欢我的作品呈现出很具体、很实的趋向，这其实也是抽象绘画的特点，它自身的属性决定它不可能有具体的聚焦点、具体的对象和及物性，否则它就成了具象艺术。抽象艺术应该架构于人类潜意识中一切心灵都相互连通的领域，它只能是向内的、普遍的、广泛的而且是流动的、任意形式的，所以它拒绝固定、分割、约束，拒绝具体的、及物的、细节的，所以它必定是含混的。就像一股畅通无阻的气流，能够在任何可以停留的地方氤氲开来，进入心灵中一切与宇宙真正合一的那部分。

欧阳：在你的绘画里，一些应该是有赖于思想超越的、或者至少是作为思想对等物出现的东西，跟思想本身是混在一起的。所以抽象性变成一种能量，一种青春期的、少年性的东西。王维中年以后写禅思的诗歌，就是想要超越这些东西。"晚年惟好静，万事不关心"，"中岁颇好道，晚家南山陲"等等，完全是一派超越和平静，这是中年王维。王维的早期诗作，充满了能量感和少年精神。用北岛的诗来讲，就是对世界说不。像王维的"少年十五二十时，徒步夺得胡马骑"，就是那种少年性，就是那种感觉，一个人就可以单挑世界。

晶晶：大概年轻的时候勇气比较多，或者血气比较多。但是我感觉你说的这里面有种侵略性的，或是很血性的东西，我没有这种感觉。

欧阳：不管从"是"的角度，还是从"不"的角度去理解，抽象性都有一个特点，就是它一定是趋向于思想的。就像一个巨大的漏斗，你把天装进去我都漏出来。抽象性的这个"漏斗"是什么？就是思想。它把所有这些少年性、能量、生理的，甚至动物性、植物性和时空性的东西，全部综合到一个趋向于思想的小小的出口里去了。你的绘画里，可以感觉到这种冲突、发生和扭结，但是不及物，最后都被克服掉了，变成了趋向于思想性的东西，如果说还不是思想本身的话。现在就说你的画是一个思想的产物，我觉得为时过早。你的作品里有思想性成分，但是更多是呈现一种"前思想"的状态，就是一种生命的状态和一种发生。

晶晶：艺术创作是体验、感受、自我探索的过程，艺术不是思想。它可以是思想性的，或是前思想的，但它必须以不同于思想的特征来呈现。任何关于精神的活动都可以是"思想性的"、"前思想的"，它只是描述了一种向度，但它不能区别不同的精神活动。艺术作品可以因创作者而带进一些思想性、宗教性或者科学性，但它们只在艺术创作中作为遥远而深蓄的背景存在。艺术就是艺术，绘画就是绘画，艺术本体不应该、也承载不了思想、宗教或者科学。尤其是绘画，它不具备那么大的能量。我觉得生命的体验、感受，生命的状态要大于作品，大于思想性、宗教性、科学性。

欧阳：像罗斯科的抽象性就是把所有这些都给克服掉、抹掉，它认为抽象性是放弃的产物。但是，你把这些被取消、被克服的东西，让它们活生生地在抽象绘画的思想性元素里，作为一个发生呈现出来，这可能是你的绘画非常独特的地方。如何判断这个东西，这些元素，它们对抽象绘画意味着什么？你把这些东西都带进来了，这是一个非常大胆的举措，它表达了一种气度：对经典定义说No的气度。抽象性艺术的一个根本的要求就是思想性，而你的否定性，甚至指向抽象艺术对自身的界定。所以我就说你的抽象艺术，不是风格意义上的，也不是美学意义上的，更不是画种意义上的一个界定，而是一个根本性的东西。也就是说，你的否定性是双重指向的，既用抽象性和思想性的元素来否定你自己生命里一些真实的东西，但是这个否定性反过来也针对思想和抽象性本身。

晶晶：我们所说的思想和抽象性，它们是从哪里来的？它们仍然是这个世界的一部分，隐藏得更深的那部分。我们称之为思想、抽象性，其实只是人为地把它们提取或分离出来了，使它们浮现出来了。否定世界的表现性、实存性或世界作为客体的唯一性，否定思想和抽象性本身，这不是表个态就完事了。事实上我们永远无法摆脱这个世界，因为我们自己身陷其中，我们本身就是本质的一部分。否定的目的不是否定，不是为否定而否定，它还是自我审视、自我探索的一个过程。

欧阳：你的抽象艺术里，具有一种成熟的抽象艺术所要克服和排斥的东西，比如说被"发生"带出来的不平静。我觉得你的绘画里"发生"的成分是非常重的，甚至有点儿过头了，但是不发生和不思想、不表达，这种成分还有所欠缺。当然像康定斯基也有一些很热闹的东西、发生学的东西，但他是风格意义上和语言意义上的发生。所以你应该考虑一下，到底你要把"发生"引向哪里？抽象艺术最怕的是画到最后是一个纯风格的、装饰性的东西，成为符号的游戏。而眼下阶段，你的抽象作品还没有这个问题。你的抽象艺术这一点非常有意思，它不是一个形式和技巧的游戏，不是一个定制、建构意义上的风格，你的"风格"是你对生命的理解的一个伴随物。

晶晶：你一再强调"不发生"，我不赞同你这种看法，而且我觉得现在中国艺术家最欠缺的就是这种"发生"，就是那种真真切切的、生命里面迸发出来的鲜活的创造力，以及开放的情怀。翻看好的艺术家的作品，你会很明显地感到那种扑面而来的、活泼自在的创造力，这是生命原初的很真实很强烈的创作的欲望。同一个艺术家，作品可以有各种不同的形式，但气质上一定是统一的，前后是一脉相承、有迹可寻的，你能真切感受到它里面有生活中的各种感受、思考。那种提炼以后的很高级的美感，以简朴又活泼的形式表现出来。我觉得艺术是一个生命在创作的整体，它不是一个什么静止的样式。风格伴随着对生命的理解，我非常赞同。这里面包含一个非常重要的东西：真实。这是种很深沉的品质，不是指对我们肉眼所见物质的真实，而是指对内心感受的识别和追问。在艺术家那里，就是通过感受、理解、智慧沉淀以后的，对自己心灵的忠实。不是我想要呈现什么样的风格，这不应该是预谋、设计在先，而是生命走到哪一步，此时此刻的理解感悟很自然地通过某种契合的形式呈现出来。我们是在体验、度过我们的一生，我不认为我们应该设计我们的生命。

欧阳：这可能是你最有意思的地方。因为你现在的挑战，包括这种说No的勇气和内在的要求，针对的是抽象性本身。它一方面是你的创造力的起源，是你的才华之所在，另一个方面，它又可能会限制你的成熟。因为艺术家的真正成熟，并不是对才华无休无止的榨取、放纵和挥霍，而是对才华的质疑、限制，甚至是某种程度上的放弃。这个就有点儿类似于在孙悟空的头上放一个紧箍咒，这个紧箍咒就是思想的、形式的和抽象性本身的限制，给它一个形式感，一个取不下来的东西。思想和抽象艺术的抽象性本身，成长本身，可能有时候就是需要某种限制性。

晶晶：我不要取不下来的东西，尽管小时候很喜欢孙悟空，因为他神通广大，但是如果在我头上放个紧箍咒我肯定不干，我宁愿当个没有法力的毛猴子。当然，你说的某种限制性是需要的，我理解它其实是某种自觉，如何在限定的规律里找到新的可能性。这个限制性是自设的，是随时变化的。

欧阳：你的绘画里，我每次来了以后都能感觉一种英气逼人、才气逼人的东西。就是说有一种东西，你的绘画有一种从绘画本身向外散发的气息在里边，气场和格局都不小。以我这么一个五十岁人的眼光来看，你的绘画里面，还是应该有一种特别细腻的、限制性的和细节的把握。我觉得你的作品打动人心的东西，很多都是反技术的，或许风格、纯形式意义上的某些东西对你来讲是一个束缚。你根本就来不及考虑这些，因为创作时往外涌的东西太多了。包括你的小画，画得比较平静的，比较温柔的东西，都含有切·格瓦拉所说的"用自己的坚强来表达自己的温柔，来使自己变得温柔"的性质。你的小画里的温情，只是对狂野的补充而已。你的这些画，画得很狂野的，很不女孩子，很男子气.

晶晶：我觉得我很不狂野啊，另外我并不反技术，技术是任何创作者都应具备的基本素质，但不值得拿出来炫耀，更不是对细节的雕琢。你说的这些东西是需要生活、时间的积淀的，五十岁的智慧当然比二三十岁的智慧要沉着、宽厚得多。什么年龄就要体会那个年龄特有的特性，生活不会白白流淌，我们从中感受到的变化才是最宝贵的财富，而不是在某时某刻拥有什么。河水的流逝中我们可以体会到整条河流，体会到所有流逝的时间、空间，经过的人和事。这些流经心灵的时间会成为生活的积淀，成为心灵的巨大空间。你提到细腻的问题，细腻应该指向体验、感受，指向内核的密度，而不是停留在表皮的质感上。对体验感受的重新组织与秩序的建构，我更倾向准确，而不是细腻。我不喜欢细腻精致，体现到画面上，我宁愿我的画更糙一些（但要坚实，不松动），很老很破旧的样子，都未完成，都没有句号，也没有中心，没有点，只是无限稠密、无限绵延的这么一个时刻，像曾经的过程，事实上就是无数的过程。

欧阳：你的大画、小画，是生命的两个不同的东西，它们都是与形式、语言、风格、技术平行的一种起源的、能量的、创造力的体现，只是方向不同而已。所以我觉得你可能要考虑在恰当的时候，纳入一个风格性的、技术性的范畴，哪怕它不完全是你自己的，而是绘画史上一些现成的东西，你也可以考虑。把这些东西作为一种技术性的要素来考虑。对我们写诗的人来说，黄庭坚在杜甫之后形成了"江西诗派"，这个流派的诗人就得考虑炼字、考虑用典，然后化腐朽为神奇。这表面上看是对生命力的一种限制，甚至匠气，但是另一方面，它对形成一个紧箍咒般的约束性要素会起作用。任何形式的东西，都带有约束要素。我只是提一个建议，不一定对。因为每个人的创作会有不同的阶段性轨迹，艺术家一定要听凭自己内心那股子内驱力的引导。

晶晶：为什么要约束？为了使它成为什么，或者不成为什么，我们才会去约束一个事物的发展。我们在约束事物的同时是带有很强的目的性的，或者是功利的。想通过这个事物达到什么目的，通过目的的实现使我们自身成为什么样的角色。是什么就是什么，不是我的东西我怎么能够把它放进来呢？这是不对的。像刚刚说的限制性，只有当它成为一种自觉的时候才有意义，自我约束与限制是为了发现、拓展内部更深层的空间，而不是通过约束使得自己符合外部已有的形式。

欧阳：当今中国艺术有一个比较讨厌的地方，大家在绘画中放进了太多的庸俗批评、庸俗社会学。这些在你的画里没有看到，它没有污染你。我认为这些东西对中国当代艺术，尤其是观念艺术已经形成污染，起了相当负面的作用。有些东西刚开始出现的时候，具有一种革命性能量，有助于我们大家背离官方艺术、主流艺术，但到现在它们已经变成了一个"去政治化"的政治，一个没有真东西的东西。但是有没有可能放进一些其它的东西？当代诗人在写诗的时候，有可能放进一些小说、电影、音乐的东西，批评和理论的东西，我觉得这一点你可以参照。比如在绘画里，你可以放进一些对时间、对空间的思考，既是哲学意义上的空间，真实的空间，同时也是一个当代科学的空间。比如说高等物理，量子力学，弦理论对空间的全新界定，还有当今时代的传播学，网络世界等等。这可能是一个没有定形的，既是探索又是试错的过程，不是去找正确，而是去试这里面的错误性。错误的东西是非常有意思的，错的东西有可能是两个对的东西碰在一起得出的一个错误，这样的错有时求之不得。抽象艺术就是关于错的艺术，抽象性是所有的对加在一起，碰撞出来的一个或半个，或无数个的错。

晶晶：你说的很有趣，那么你认为什么是关于正确的艺术呢？或者说有永远的正确吗？我理解这个"错误的"并不是否定的意思，而是有意思的、存在新的路径、新的可能性的。你说"放进一些东西"，我觉得不是说不可以有这些，而是首先得是什么样的心性，由心而发才去做什么样的事。也许我很保守，艺术不是靠聪明点子制作出来的，不是添加剂调制出来的，什么味道稀奇、受欢迎，就快速地达到那种效果。

欧阳：你的绘画里有一个抽象的否定性的向度，它包含了你个人对艺术的原创性理解，就绘画而言，你可能并不相信所谓集体智慧得出来的东西。你质疑多数人得出来的结论，无论这个结论是对当下经典的把握，还是对绘画史的描述，你对这一切都持有自己的怀疑。你绘画中的革命性和力量性的东西，很大程度上来自于你的No和不相信。但我要给你提一个醒。泰戈尔当年说，人选择朋友可以随便一点，你的朋友打倒不了你，在创作方面一个人不可能从自己的朋友学习，朋友可能是你生活的一部分或别的什么的一部分。泰戈尔说，但是选择敌人一定要非常谨慎，非常小心，为什么？一个人选择了敌人以后，你在和敌人抵抗或对立的过程中，会变得越来越像你的敌人。因为所有的东西都是跟它反着来的，你一辈子在跟那个东西抵制，跟它形成对应，你所有的力量、风格、思想都是针对这个敌人来进行安排、进行阐释的。人在创作中不会像自己的朋友，一定会像自己的敌人。当你在选择你的敌对面的时候，假如你发现这个敌对面是整个绘画史，或绘画史中的某个流派，它就有可能会成为你的一个出发点，或者是一个界限。你离它越远，你会越与它有某种相似性，因为你与它已经构成关系了，哪怕是敌对和相反的关系。

晶晶：我觉得敌人是个很严重的词，我没有什么敌人，至少我不会想与任何人为敌。但是我接受你的提醒，因为你描述得这么恐怖呵呵。也许有的人性格里面有点攻击性，创作的时候会设立一个假想敌，这也是一种创作方式或习惯，我认为这是很正常的。但我不属于这一类，我觉得人会天然地形成一种屏障，来抵御他们不喜欢或不想有关系的事物。

欧阳：有的画家早早地就出现了晚年的风格，过于早熟，而且一旦找到一种成熟的表达形式之后，立即把它模式化、固定化，把它变成一种体制化的东西。你的绘画里边没有出现这种倾向，这样一种阶段还没有出来。你没有把你的探索、你的语言、你对抽象性的界定给体制化，把它变成一种可以分析的、规定的东西。这个可能是你的长处，你在画的时候听凭自己本能、生命力、创造力的驱使。任何真正意义上跟生命有关的创造性，一定是一种表达的东西、发生的东西。但问题是，艺术不仅仅是表达和发生，艺术是对表达和发生的一种塑造，某种意义上讲艺术是发生了两次的东西，而不是只发生了一次的东西。只发生一次的东西是生命，是创造力，而不是炉火纯青的艺术形式。我的意思是说，抽象艺术一定要考虑一些细节性和形式化的东西，哪怕有时候这种考虑起着限制、抹杀和取消的作用。既然你的绘画里边已经出现了否定和说不的方向，这个"否定"和"不"是不是可以针对才华本身，针对表达本身。在表达里边有没有可能放进一个"不表达"，放进一个对表达的限制？

晶晶：我很赞同你说的对才华和表达的自我否定，好的艺术不会去炫耀才情，就像我很厌倦那种到处泛滥的表面的抒情、浪漫，并不是我真的讨厌浪漫主义，而是艺术到一定高度应该是有所节制、隐忍于某种残酷的。首先是真情实感，其次才是艺术性的表达，而在我们传统文化里，这种抒情表达往往是内敛和精炼的，这才是我们情感的表达方式。另外我不愿意把我的画制作、塑造成统一的样式，就是你说的把一个个体变成单位，在我看来这更像营销，而不是艺术创作，或者说我不想通过这种手段来表达自己。但是你刚刚说，只发生一次的东西是生命，是创造性。那么，对第一次发生的再次发生是什么呢？其实就是对第一次发生的复制，而且在复制的过程中不可避免地还要加入制作的成分。在我看来它是艺术的样式，而不是艺术。过度的稳定和成熟会使我怀疑，当它过度成熟稳定时，就会变成一种概念，变成被加工过的本质，而不再是本质本身。当我们最初感受到的东西在脑海中愈来愈清晰，并且被清晰地呈现出来时，它的真实性已经被消解，而且已经成为复制品。时间会消解真实，上一秒的存在，这一秒已经死亡。所以从这个角度来看，我始终觉得最后作为物呈现出来的作品并不重要，它只是个物。或者这样说，当它最后完成时，它作为艺术的生命，与艺术的交流已经终结，它只是单方面地呈现一段已经逝去的时光，自身不能再做出改变。不过也许正因为一幅作品里有着逝去的生命活动，一幅作品才有它存在的意义和价值。

欧阳：说说画本身。我感觉你的很多画现在还处在一个没有最后完成的阶段，带有一种练习曲的性质。巴赫写的最重要的作品《平均律》，也带有一种练习曲的性质。还有德彪西的练习曲，肖邦的练习曲，还有李斯特的超技练习曲。其实好的练习曲本身就是非常伟大的作品，练习曲本身也是非常完整意义上的一种作品，这里边包含对绘画、音乐本身的一种呈现、一种确认的性质。我觉得你的绘画，目前阶段就包含了这种界定和确认的性质，就是要确认自己的绘画，确认什么叫抽象绘画。我用"练习曲性质"来指认你的目前的创作，而不是别的曲式，不是更客观的《奏鸣曲》或者《间奏曲》。有的音乐家在演奏时，认为最能够考验一个演奏者水平的是练习曲。像古尔德，他弹任何作品都把弹练习曲的思考放进去，他一生的弹奏都带有一种练习曲的性质，而古尔德是弹奏巴赫最伟大的一个钢琴家。我觉得，如果你能够把绘画里的这种练习曲性质保留一个比较长的阶段，会非常有好处。我认为，练习曲完全有可能就是抽象性本身。我的意思是，绘画性本身有可能直接就是抽象性。很多人认为绘画性跟抽象性是相互冲突的，但是我认为正由于相互冲突，所以它们有可能在一个更有意思的地方变成同一件事情。

晶晶：我觉得练习曲可能是一种最真实的状态。练习曲、绘画性有个共同的特点，就是它们不是终结，不是终极意义上的结果，而是一个路径，是值得研究的中间地带，是重要的过程。练习曲、绘画性如果是抽象性本身，我觉得这至少意味着两层意思。一个是：抽象性不是一个结果，而是"把它"抽象性的一个中间过程，它更像一连串的动作；第二个是：抽象性即本质本身，抽象性的目的不是为了实现、具象什么，而是仅仅为了洞悉自身、洞悉本质本身。你认为练习曲性里边包含对绘画、音乐本身的一种呈现、界定、确认，我觉得练习曲性质不是确认自己的身份，它更重要的是去洞悉绘画或者音乐自身规律的起伏、流转，以及它们自身的冲突和命运，就是包含在许多动作中的其中一部分。如果我还要确认自己的绘画、确认什么是抽象绘画，那说明我还不够"抽象性"。我的意图不是要一个抽象的结果，这个结果对我来说没有任何意义。比如你提到罗斯科，你认为他是最根本意义上的，把抽象性推到极致，就是什么都不剩下，最后就剩下一个空无。每个艺术家都有自己的观点和态度，这个我没有赞同或不赞同，但我更相信罗斯科不是一开始就想到达那个空无，甚至他并不真切地的知道结果是这样的一个空无。每一步之后，他并不知道下一步应该迈向哪里，他是一步步地的走到结果的。也许会有直觉敏感到下一步的方向，甚至是最后结果的方向，但是，正像你说的，艺术家在某些时候会节制甚至放弃自己的才华。就是不去凭借直觉而走捷径，不是目的明确的，不是想到达或陶醉于结果，或者止于结果、相信并服从结果。

欧阳：另外，我觉得你的绘画的整体构局很好，就是平衡意识、冲突意识，以及格局和结构意识，都很不错。但在细部的处理上，恰好是在抽象性和绘画性同时得到表达的地方，还有所欠缺。你的作品，有的时候绘画性非常有意思，但是另一个在抽象性上表达得非常好。有没有第三种可能，抽象性和绘画性最后变成一件事情，在某个地方会合，互相成为对方？当然这可能是一个更高的标准，我是从经典的角度来看的。你现在还没有追求经典性，因为你还处于一种比较开放的状态，一种比较松弛、自由、放纵才华的状态。你一定要非常清楚什么是自己要的，什么是自己不要的。有的时候你想要的东西始终出不来，它躲在绘画后面的、深渊般的黑暗里，就是不出来。其实绘画创作就是让那个东西出来的过程，一个芝麻开门的过程。你用"芝麻开门"这句话的时候，如果用的是花生的语言、豌豆的语言，那就错了，因为它是一个芝麻的东西。

晶晶：你说的成熟是多数人认可的一种样本，这种样本会随着人们认识的加深不断被推翻重设，而且往往是滞后的，我不需要这种成熟。我不想我的画成为一个什么样式，我是我在体验、感悟和度过的过程，我的画只是载体。

欧阳：你的绘画里边有一种不太稳定的东西，因为它依靠直觉、本能，依靠你的能量和神秘感。我说的不稳定，不是指绘画质量的起伏，而是说"稳定"这个东西，最后在绘画经典中体现出来是一种近乎残酷的冷静和成熟。因为成熟和经典的东西，最高层次的东西，一定包含了一种我们称之为"残酷"的东西，不能太人道、太温柔，也不能太成功、太快乐，也不能太有批判性和思想性，所有这些都可以有一点，但是最后给它们加一点味精，就是叫做"残酷"或者"冷酷"的东西。你的绘画里边，哪怕在最激动的地方也都包含了这种"冷"，这一点是无疑的。那些比较温暖的小画里边也有很冷的东西。只是在整体的平衡感上，"冷"更多是依赖风格的一种结果。至于你的大画，仅仅用风格上的东西来平衡它是不可能的，一定要有更深、更冷酷、更重要和更本质的元素在作品深处起作用。那个内驱力的元素到底是什么，我也不知道。我只是感觉到有那么一个说不清楚的东西在里面。也许再过几年看你的画，我会有另外的感触。

晶晶：呵呵，好的。

欧阳：另外还有一点，不管别人怎么称赞你，或批评你，你都别太在意。在抽象艺术里太激动不已的人，或者太漠然的人，其实都没有真正理解抽象艺术。就像贝多芬的最后一首奏鸣曲作品111号，你是没办法鼓掌的。钢琴大师阿劳每次在弹奏111时，事先都会对听众说："演奏后不允许鼓掌。"这个音乐小故事里，是不是包含了某种深意？最好的抽象艺术，观者看了以后不准说好。最好的抽象艺术一定让你无话可说，因为它包含了冷酷，包含了虚无，包含了"无"这个概念在里边。这个"无"，包括观看的无。甚至连看都被艺术家画得没有了。我在罗斯科的画前就有这种感觉，我站在那里看了三个小时，我觉得时间整个被他吸走了，观看本身被抹去了。我希望你有机会一定到国外一些博物馆，去看看那些抽象画原作，哪怕看的是你的敌人，是你想要扬弃、避开的那些人。抽象艺术很重要的一点，就是抽象性和绘画性在某一个点上相互熔化对方，或者冻结对方，一定要达到那个点才有意思，否则还只是一个斗争和分裂。它不像一些当代符号绘画、观念绘画，可以用平涂的办法去创作。但你的抽象绘画，哪怕在最薄的地方也不是平涂，它永远要处理绘画性，处理表面质感和细部织体，处理一些最根本的元素。

晶晶：我不觉得抽象艺术一定要到达你说的那个点，这点我不太认同。艺术创作首先是一种精神活动，重要的在于探索和思考，在于这些路径和过程，最终结果是次要的，也是仁者见仁智者见智的。我不是在否定画面，再次说明我不否定技术，我是在画面语言成立并且坚实的前提下来谈的。我觉得你倾向于最后一定要有一个实在的落点，有一个可触摸的质感，而大多数人也是以此为参照才能进行判断，因为这是经验中容易识别的、规范的样本。或者说你是要求完美的，最后要达到完美这个点。当然你是有道理的，但是我觉得没有完美，没有这个点，没有一个固定不变或静止不动的中心。你说的抽象性和绘画性在某一个点上相互熔化对方，或者冻结对方，这其实是一个截面，是一个瞬间，而不是整体。它是不断运动、发生中的一个瞬间，你认为它是你心中完美的样子，希望永远停留在或保持在这个状态。而时间不会因为你心中的完美停留片刻，甚至把你的完美变成过去式，此时的完美不再是彼时的完美，而是你的回忆加工过的完美。我们不可能永远保持一种平衡，处在一种终极状态中，这个"完美"其实就是终结和死亡。相比之下，你后面说的斗争、分裂也许是生命最真实的状态，生命更多的是去平衡这种斗争、分裂，是这种升华的过程，而不是站在完美上保持完美。

欧阳：抽象绘画，画到大师那种程度，就像钢琴大师弹奏钢琴，一个和弦弹下去，就把这个音弹到大地深处了，声音被弹出一种地质学的、矿物般的品质和定力，弹出根的感觉来。我的意思是说，要找到一个深处，然后把自己的根使劲往深处扎，但是又不要让绘画中的生命力死掉，保持平衡和限度，这样画才有意思。画画太幸福了，因为你的思想可以通过绘画来捕捉，你的根可以通过绘画往大地的黑暗深处扎下去，扎出思想和原创性的定力来。

晶晶：当然，你说的定力我很赞同，向钢琴大师学习！

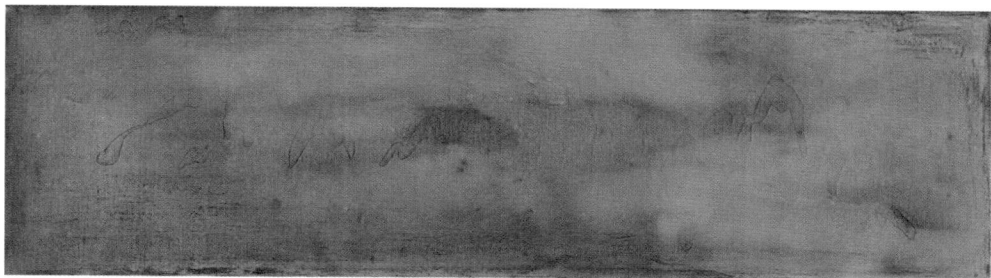

关晶晶
剩山 14-01，2014年，
布面坦培拉，40×140cm

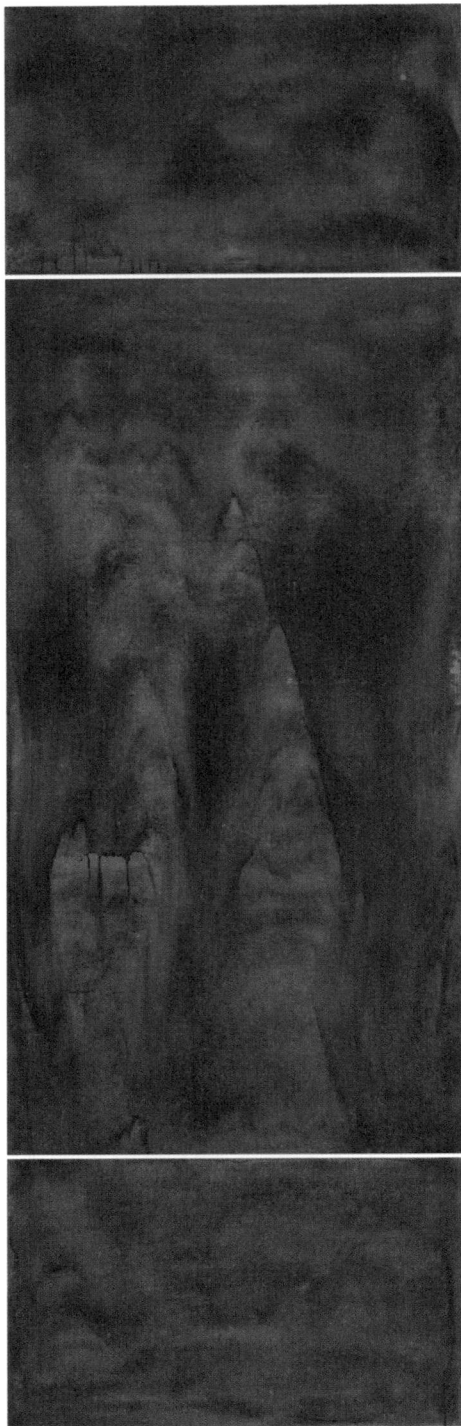

关晶晶
剩山14-07，2014年，
布面坦培拉，290×90cm

关晶晶
剩山 14-09，2014年，
布面坦培拉，290×90cm

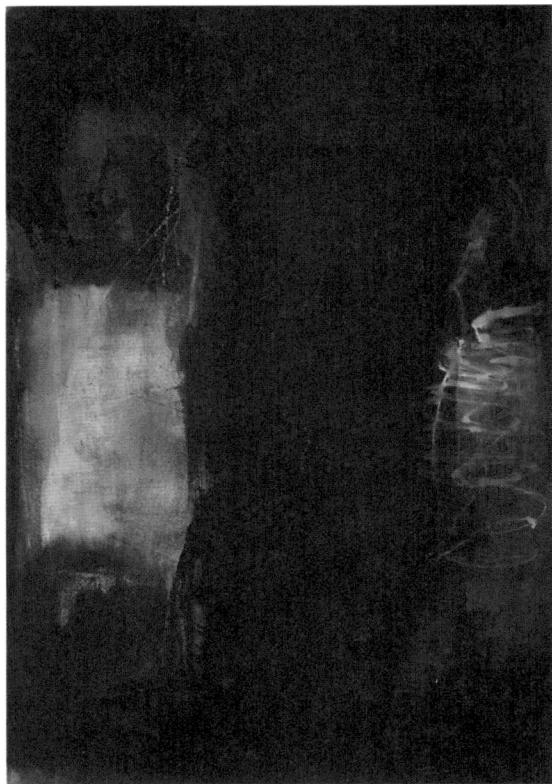

关晶晶
无题08—01，2008年，
墨、丙烯、画布，210×1...

关晶晶
无题08-03，2008年，
墨、丙烯、画布，210×1...

关晶晶
无题08-04，2008年，
墨、丙烯、画布，210×4...

关晶晶
无题10-07，2010年，
墨、丙烯、画布，140×2...

关晶晶
无题10-026，2010年，
墨、丙烯、画布，80×1...